定形外郵便

堀江敏幸

新潮社

定形外郵便　目次

定形外郵便

零度の愛について

金網のフェンスの内側で、揃いの白いテニスウエアを着た男女がひと組、腰をかがめておなじ方向を見つめていた。ふたりの視線の先には緑色のネットをゆるくV字にたわめた帯があり、その向こうに青いウエアを着こなした男女が控えている。昨日の雨でほんの少し湿った土のコートには、新緑の気配を漂わせた木々の匂いまで沁み込んでいるようだ。

すべての動きと時間が静止している。四つの人影は、狛犬の生真面目さを保って微動だにしない。私は舗道の側から網目越しに双方の様子を見守っていた。テニスの試合を観戦するときはたいてい午後の屋外で、しかもスタンド席の中段あたりに陣取ることが多い。記憶のなかのコートには、だから主審の特等席にもネットの支柱にも日除けのための庇にも影が伸びている。重い影のある空間での静止は、ホックニーの絵や写真さながら穏やかならぬ動きを孕んでいて、記憶に焼き付けられた場合もその未然の運動は残される。

ところが、真横から競技者とおなじ高さに足を置いていると、影が見えない。狛犬たちは黒く平らな碇を持たず、ひどく不安定な状態だ。それに気づいたとき、男性はもうサービスの体勢に入っていた。その動きに残る三つの石像が反応し、空気の密度が変化する。こちらも揺らぎを察知して身構えたが、要はごくありきたりなテニスの試合に戻っただけの話で、あまり期待もせず、舗道に置かれた背もたれのない横長の木のベンチのひとつに腰を下ろして、私は辛抱強く展開を追った。審判席には誰も座っていない。ライン上の微妙な判定は互いの善意の眼でなされ、ポイントがひとつ動くたび、白いウエアの男性が、土なのに芝の大会にこそふさわしい言葉でアナウンスする。フィフティーン・ラヴ。サーティ・ラヴ。英語圏でテニスを覚えたのか、上の歯で下唇を噛むように音を弾き出す《v》の発音が、ややそそっかしいプレーに比してずいぶん丁寧だ。ゲームが進むにつれ、何度かめぐってくるラヴ・フィフティーンの、《v》から《f》への移行が心地よく響く。しかしどこか切迫したところもあって、その「ラヴ」のなかには、零ではなく愛の意味が込められているようにも思われた。

試合らしきものは、当初私を引きつけていた美しい静止の秩序を崩しつつ、白のペアの勝利に終わった。動きながら声を出していた男性はさすがに喉が渇いていたのか、審判席の隣の椅子にも座らず、脇に置いてあるクーラーボックスからペットボトルをすぐに取り出して、ラッパ飲みと呼ぶにふさわしいリズムでごくごく飲んだ。色からすると、水ではなく果汁飲料らしい。彼はそれを、自分のバッグにかがみ込んでがさごそやっている相方の女性の顔の前に、蓋を外したまますっと差し出した。え、あ、という軽い驚きの表情で見あげたのち、彼女はなんとも言えない笑みを浮かべ、コップにも注がず直接飲んだ。夫婦や恋人同士ではなさそうである。まだ試合開始前、ほぼラヴ・オールの状態なのだろう。べつにこちらが恥ずかしがる必要はないのだが、妙に落ち着かなくなって、私は早々に退散した。

その夜、いくつかフランス語の語義を調べる必要が生じて、ふと、白水社の『新仏和小辞典』(一九六二年)を手に取り、冒頭の頁を開いてみたら、「(テニスで)ジュース」という日本語が目に飛び込んできた。テニスで、ジュースを? 一瞬の混乱の後、理解した。フォーティ・オールを、仏語では40Aと表記する。だから、辞書ではAの項目に記されているのだ。昼間、土のコートの片側で零度の愛を叫んでいた男性の、ただ息切れしていただけではなさそうな声が耳によみがえる。口のなかが、甘く粘ついてくるような気がした。

570285

何度か見かけたことのある本だし、もういいかなと通り過ぎようとしたのだが、表紙の魅力には勝てなかった。横書きのタイトルと著者名、縦長の長方形に収められた赤葡萄酒色の囲み。その下の書店名を含めて、日本語は六文字、四文字、四文字とすべて偶数だから、それらをセンターに揃えるのに苦労はいらない。囲みの中央には比較的ほっそりした埴輪の婦人が立っていて、ラテン語の《Ars longa》と《vita brevis》の四つのブロックが直角に連なるよう配され、全体の均衡があえて崩されている。『魂のよろこび』／片山敏彦／雲井書店。埴輪を飾るヒポクラテスの「芸術は長く、人生は短い」というラテン語は著者自身によって言い換えられ、扉の次の頁に、「瞬時を／いつくしんで／永遠を／信じる」と詩篇のようなかたちで掲げられている。バラの花のスケッチが添えられたこの自前のエピグラフは、一冊の主題と世界観をみごとに要約していると言ってもいい。

手に取ってみると、背表紙の下部に図書館の分類シールを剝がしたとおぼしき跡があった。正規の手続きを経て廃棄されたものだろうからあえて名を出してしまうけれど、表紙をめくったその裏に「高知市民図書館・蔵書之印」という円形の赤いスタンプが押されているのを見て、やや意外の感に打たれた。片山敏彦は土佐の国、高知市の出身で、郷土の作家として大切にされているはずの人物だからである。この小さな新書の一部はのちにみすず書房から刊行された著作集に収められているし、本の傷み具合や架蔵スペースの不足を考慮すれば、処分がやむを得ないこともよく理解できる。とはいえ、こういう表向きは瀟洒だが内側に太い精神の針金が入っているような本は、どんなに傷んでいても、あとからくる若い人たちのために、現物として保存しておくべきだとも思うのだ。

敗戦後十年が経過した刊行時の現在における人々の心の暗部を、片山敏彦は海外の詩人、作家、批評家の言葉を引きながら見据えようとする。闇から光へといかに抜け出ていくか。また逆に、自らの深い闇をいかに肯定的な狂気として受け入れるか。みなが「忘却」の病にとらわれて死者たちの存在をなきものにし、他者に対する想像力を欠いているさまに、彼は慎み深いふりをしながら、ところどころ強い口調で難じている。「自己を自己の内部へ向ける」喜びと鍛練を怠れば、「危険な忘却」に走らざるをえなくなり、忘れてはいけないことをきれいに忘れる。そこを「悪い政略や野心家たち」につけこまれるのだと。二十一世紀に入ってからも、想像力のない者は戦争や災害、そして人災に等しい過酷事故をことごとく忘れ、あるいは忘れさせようとしている。そうならないために必要なのが芸術であり、芸術に対する私たちの信頼でもあるのだろう。

興味深いことに、この本の前所有者は、丸い蔵書印を残す一方で、頁の天地に不規則に押された横組の図書館印をすべて青いサインペンで乱暴に消している。その無造作な青の帯が経年で褪色し、案外よい版面のアクセントになっているため、私はもう少しでそのようにデザインされた色刷りかと勘違いするところだった。青で塗ったということは、下に眠っている文字も青だった可能性が高い。そう推測してぱらぱらめくっていくと、「幸福について」と題されたなかほどの章に一箇所、思わぬ消し忘れがあった。《570285》。予想どおり、青いスタンプである。これも整理番号の一種なのだろうか。本扉に細い鉛筆で刻まれた《K914・6カタ》という馴染み深い分類記号が生きているのを見ると、塗りつぶしの基準はどこか曖昧である。はたして前所有者がこの薄く濃い書物に残した「忘却」は、危険なものなのか愛らしいものなのか。埴輪の女性は、なにひとつ応えてくれそうにない。

責任の所在

トルビアック通りで用事を済ませたあと六十二番のバスに乗り、最後部にある進行方向とは反対向きのボックス席に腰を下ろしたら、三つほど先の停留所を過ぎたあたりで動かなくなった。故障だろうか。客の大半は老人で、窓際に座った私の左隣は黒縁の四角い眼鏡をかけた小柄な老女、正面は禿頭の大柄な爺さんで、その右隣ではマルティニーク風の青年がとろんとした空気を発している。爺さんが膝に置いている手の形は、皺があることを除くとドアノーが撮ったピカソの写真の、両の手に見立てたテーブルの上のパンそのものだ。いつの間にか通路にもぎっしり人が詰まっている。他のお年寄りに座席を譲ろうと思っても身動きが取れない。仕方なく肩をすぼめて日溜まりに身を沈めているうち、意識がだんだん遠のいていった。

どのくらい眠っていたのか、目を覚ますと、窓からの眺めがまったく変わっていない。故障でしょうか。隣の老女に訊ねると、進んでないだけよ、故障でも事故でもなくて、ただ動いてないのと言う。どうも要領を得なかったが、その要領を得ない返答が、まだ精神的な時差ぼけのある状態で動き回っていた留学生の頃、この路線で何度か立ち往生したときのことを苦々しく思い出させた。すると不意に、運転手の、ＤＪさながらの滑らかなアナウンスが流れてきた。

みなさんこんにちは、ようこそパリの週末へ、あるいは週末のパリへ。聞こえてますか？　聞こえてるよ、と乗客たちが当たり前のように反応する。よろしい、渋滞が日常茶飯の、まこと厄介な都へようこそ、とあらためて言わせていただきましょう。ここで申し上げたいのは、現在の運行の遅れは我々の責任ではないということです。

それはないでしょ、と隣の老女が思いがけず大きな声をあげた。私の身体に接している右手もついでにあげたのでジャケットの裾が引っ張られ、彼女の方に重心が移行して頰が接しそうになる。安いファンデーションの匂いが鼻を突く。渋滞があんたたちのせいでないのはわかってます、けれど、申し訳ないのひとことくらいあってもいいんじゃないの。そうだ、マダムの言うとおりだと禿頭の爺さんもピカソパンの手をひろげて賛同する。エンジンは止まっていたので、声がよく通る。乗客たちからまばらな拍手が起こった。

お言葉を返すようですが、予測不能の渋滞はひとえにこの街のなせるわざであり、みなさまにはそれを認めたうえで楽しんでいただかねばなりません、なにしろここはパリなのです、窓の外をとくとご覧いただきたい、近くに大きな病院があります、老人、怪我人、病人、そしてご不幸な方々がゆるやかに、かつ大胆不敵に横断歩道をわたり、我々のバスに乗り降りされるのです。病気の方に失礼でしょう！　老女は甲高い声で叫んだが、運転手はひるまない。渋滞はこの都会の特徴であり欠陥であり魅力なのです、人生急いでどうなりますか、マダム、あなたはまだまだお若い。あらあら、と老女は私の顔を見る。私は無言で頷く。運転手はつづけた。彼らは我々のはやる心を鎮めるべく、ゆっくり歩むのですよ、ものごとには時間がかかります、彼らの善意をこそ信じましょう、ともあれこの遅延に対する責任は、我々にはありません！

難しいパズルのようなやりくりをしてようやくたどり着いたこの渋滞の聖地で、私は運転手の教えに従って途中下車し、目的地まで歩く事にした。それが、小さな奇跡を呼んだ。通りがかりに入った古書店で、二十年以上探していた小さな画集を拾いあげることができたからだ。ルネ・ロビエス。ただし、一九二四年にサイゴンの近くで生まれ、二〇〇六年にインドで亡くなったこの稀有なフランス人画家について語る「責任」も能力も、私にはない。

一度しかない反復

反復とは、ごく単純に言って繰り返すことである。おなじ地点に立ち返っておなじ過程をもう一度、あるいは何度もたどり直してみること。いつしか身体がそれを覚え込んで、初めは硬いと思っていたものが柔らかく、柔らかいと感じていたものの内側がじつは硬かったことに気づき、抵抗感なく動作を再現できるようになる。そこまで来てようやく次の地平が見えてくる。

その種の、どこか徳目の匂いのする文言がしばしば教育の場で示されるのを耳にするたび、私は違和を感じつづけてきた。反復とは、おなじ事柄を寸分の狂いなく再現する行為ではなく、同一の素材からそのつど新しいなにかを見出し、退屈さを遠く逃れた創造的な発見に出会うことの連続ではないかと考えていたからである。それは若い日のひとつの夢であり、たどり着けないとわかっている理想の形態でもあった。

しかし、この青臭い思い込みは、キルケゴールの『反復』によってあっさり押しつぶされ、まったくべつものに変貌してしまった。忘れていたものを回収するギリシア的な想起や、キリスト教の贖罪に対応する行為としての反復。この文字どおり神がかった視点の獲得には、恋人レギーネとの婚約破棄というあのほとんど哲学的体験が関わっているのだが、そのような踏み迷いに至った状態を、これから贖罪の形で救うことができないものかと自問するキルケゴール自身の日記の言葉を重ねると、抽象と具象を兼ねそなえた議論がしだいに活き活きとした虚構の姿をまとっていく。『反復』は一篇の小説だったのだ。

作品の前半部で、架空の一人称をまとう語り手は、楽しかったかつての旅をそっくり「反復」し、過去を追想しようと試みながら、それがことごとく不可能であることを悟る。いくら外部の書き割りが同一でも、本当の反復は自分自身の内にしか求められない。この苦い認識は、後半部で語られる青年の問題を前方から照射する巧みな伏線でもあって、虚構の魅力はその構造からも生じていた。

反復を考えるうえで最も大きな役割を演じているのは、旧約聖書の「ヨブ記」である。苦悩を解決してくれるよう神の裁断を願うヨブが、まさにその神の言葉によって、贖罪なるものは自身の内にしかなく、決して外部に求められるものではないと悟る経緯を、青年は自分の体験として反復する。まさしく「問題は何か外部のものの反復ではなく、彼の自由の反復ということなのである」（桝田啓三郎訳）。過去における現実としてありえたものが、想像の力や贖罪によって、現在における現実に移行してくる。その発見の瞬間まで繰り返しを厭わないことが「反復」だとしたら、それは見失っていた自己の再発見ではなく、新しい自己の決定的な誕生、つまりたった一度しか起こりえない事件と見なしてもいいのではあるまいか。

繰り返しではなく、一回性の出来事である反復は、断絶をも含む。この矛盾を抱えた構造には、あらゆる精神活動の「根本的な自由」が深いところで絡んでいるという、美しくいびつな発見の喜びを、キルケゴールの《小説》はもうひとりの青年である私に与えてくれたのだ——、誰にも到達できない究極の自由の手前まで近づくだけは近づいてみたいとの、あの虚しい夢といっしょに。

内的な組み合わせ

古い雑誌の頁を繰っていると、柱になる特集や定期連載ではなく、その時々で最も新しかった話題を提供する通信欄のたぐいに惹きつけられる。手元の資料や与えられた字数、そして締め切りまでの時間を考慮してそうなっただけという呆気ない答えが控えている可能性も頭に入れたうえでなお、個々の情報に感心するより、なぜこのような組み合わせになっているのかをつい深読みしたくなるのだ。

先日、勤務先の近くの古本屋で何冊かまとめて手に入れた「美術批評」をめくっていたら、一九五六年三月号に興味深い事例を見出した。まずは演劇評。担当の宗左近は、小山祐士「二人だけの舞踏会」と木下順二「三年寝太郎」を扱いながら、前者は「日本の現代の精神の昏迷と軽跳の集約的表現」であり、後者は「人間が人間であることによって必然的に泌み出してくる「体液」という原義に於ての「ユーモア」が、ない」と断じている。一九六七年に刊行された評者の長篇詩『炎える母』の存在をすでに知っている後年の読者は、その反応の激しさに理解を示しうるだろう。しかし当時はただの舌鋒鋭い批判としか受け取られなかったにちがいない。

次いで、「話」と題された長いコラムが気になる。秋山邦晴と分担で執筆しているのは仏文学者の古賀照一で、一九五五年のフランス文学界の話題をさらった「天才少女詩人ミヌー・ドルゥエ」、美術雑誌が行った「美術教育は可能であるか」というアンケートの回答、そしてジャン・アヌイの新作「オルニフル」の劇評が、見開き四頁にわたって紹介されている。注目したいのは、わずか八歳にして巧みな比喩を使いこなす天才の出現ともてはやされたものの、やがて母親による代作ではないかと疑われ、真偽がはっきりしないまま文学と年齢にまつわる神話の否定的な例として葬られたひとりの少女をめぐる、冒頭の項目である。

じつは、古賀照一の記事とほぼ時をおなじくして、ロラン・バルトが「レットル・ヌーヴェル」誌一九五六年一月号に「ミヌー・ドゥルエによる文学」と題した一文を寄せており、彼女の詩を「模造品」と評しつつ、それを受け入れることで〈文学〉を葬り去った社会に批判の眼を向けているのだが、おそらく時間的に参照するのは難しかったのだろう、文中にバルトの名は引かれていない。まだ記号学を完全に採用する前に書かれた気鋭の批評家の文章が『現代社会の神話』としてまとめられるのは翌年のことだから、ここでの言及は、いまや古典的な一書とその初出のはざまに立つ貴重なものだ。

ところで、古賀照一とは、ほかならぬ宗左近の本名である。ひとりの書き手がおなじ雑誌のおなじ号で複数の仕事をこなしている場合、それらが相互に関連のある主題として自発的に選ばれた可能性は高くなる。敗戦後間もない日本の演劇に人間の「模造品」を見ずにいられない詩人の憤りと、「模造品」を受け入れることで本物を遠ざける物語に加担していく世の中に向けた仏文学者のまっすぐな批判は、やはり双方の内的要請によって意識的に並べられたものと考えていいのではないか。

　ちなみに、先の「美術批評」巻末に挙げられている執筆者住所録には両者の名が記され、宗左近の欄を見ると、本名と同一の住所のあとに、「古賀方」という文字が小さく刻まれている。

ミロと電話線

　かつて固定電話の回線を引くには、数万単位の権利金なるものを一括で納めねばならなかった。学生時代、下宿に個人用の電話があるというのはずいぶん贅沢なことで、その贅沢が許されなかった私は、急ぎの用があるときは公衆電話を使い、受ける場合にはアパートの裏手に住んでいる管理人御夫妻のご厚意で、彼らの電話を使わせてもらっていた。人に渡す連絡先の電話番号には「様方」と記し、末尾にかならず「呼出」の文字を書き添えていたのである。

　受けるのも面倒だが、掛けるのもなかなか大変だった。応対はいつも奥さんで、私あてだとわかると、受話器を置き、突っかけ草履みたいなものを履いて外に出、アパートの敷地にぺたぺた音を立てながら入り、外階段をあがってリノリウム張りの廊下を今度はめしめしと早足で歩く。私の部屋のドアをノックして運よく在室だったら、お電話ですよと言い、いっしょに家に戻る。たっぷり五分はかかっただろう。その間、電話の主はじっと待っていなければならない。留守のときもあるわけだから、話が通じても通じなくても料金はかかるのだ。

　なんとも悠長なこの状況は、学部二年のなかばくらいまでつづいた。さすがに不便を感じはじめた頃、いまの時代電話くらいなくてどうするという周囲の声も聞き入れるかっこうで、とうとう無理をして自室に電話を引くことになり、契約を済ませ、あとは担当者がレンタルのダイヤル式電話機を持って引き込み工事に来てくれるのを待つのみとなった。そんなある秋の午後、ついでがあって都心の百貨店でクレーとカンディンスキーとミロを組み合わせた、なんとなく気恥ずかしい感じの展覧会にあまり期待もせず立ち寄ったところ、カンディンスキーの行き届いた詩情あふれる画面にも、安定と不安定の境界の曖昧なクレーの美しさにもぴんとこなかったのに、そのあとにミロの作品をたどって、画集ではまったくわからない仕上げの冴えと夢想の深さに、不意打ちを喰らった。

瞑想と夢想の相異。瞑想にはまだ思考の翳りがあってどこかで醒めていなければならず、それには一心な集中が必要になる。他方、夢想には全身全霊をあげて思考の一点に向かう厳格さがないかわりに、ゆっくり夢のなかで遊ぶ力と余裕がある。会場にはいくつか太陽が照っていた。内側から蠟燭の火を灯しているような燃え方だったが、記憶のなかではそれがどこか北の国の港町を想わせる蒼の世界で、予想外の光を投げた落日の絵と混じり合っている。花のように散ってはならない太陽。醒めていてはならない夢。私はミロに惹きつけられている自分に驚き、夢想はクレーにではなくミロの陽光に与えられる言葉だったのかと納得しながら、軽い酩酊状態に陥っていた。

その足でふらふらアパートに帰ると、階段の下で管理人の奥さんと顔を合わせた。私を見るなり、あの、今日、電話の取り付けの方がいらっしゃいましたよ、お留守なんで困ってらして、と言う。あわてて部屋で書類を確かめると、まさしくその日が取り付け日で、こちらが完全に思い違いをしていたことが判明した。四畳半に射し込む西陽がミロの太陽さながら赤く燃えて、手続きなるものが夢想とは相容れないことを、無言のまま教えていた。

最後の恐竜

バルテュスがヴェネチア映画祭の審査員に名を連ねたのは、一九八四年の第四十一回のことだった。委員長はミケランジェロ・アントニオーニで、ほかにも著名な文化人が招集されていたのだが、ほとんど人前に出ない孤高の画家の登場は誰よりも耳目を惹いたらしい。なぜバルテュスが審査員を引き受けたのか、その理由はわからない。ただ、前年暮れからのポンピドゥー・センターにおける大回顧展を皮切りに、メトロポリタン美術館、京都市美術館と重要な展覧会が立て続けに開かれ、一九八四年は画家にとって大きな節目に当たっていた。ヴェネチアへは、一連の企画を終えたあとにやって来たことになる。

その映画祭に、錚々たる審査員たちへのインタビューを仰せつかって、「ル・モンド」の若い記者が乗り込んだ。最大の目玉はバルテュスである。しかしインタビュー嫌いで知られる巨匠は何度頼み込んでも取材を許可してくれず、やがて顔を見ただけで避けられるようになり、万策尽きたかと思われた頃、記者はある政治家の口利きで画家を歓迎する夕食会に同席することを認められ、その折にかわした会話をスクープ記事にまとめあげた。

老画家はそこで愛すべき偏屈者の役割を振られ、映画のつまらなさを嘆き、ポンピドゥーでの照明を批判し、メトロポリタンの作品選択に対する不満をまくし立て、京都では向こうの条件を飲まなければ収蔵品を出さないと脅された、奴らはギャングだなどと過激な発言を繰り返していた。記事の見出しは「最後の恐竜」。エルヴェ・ギベールという署名があった。

画家はすぐさま抗議した。ギベールも非を認め、日本側の応対はじつに繊細で申し分なかったし、記事の発言は非公開のものだったと無署名で訂正記事を出した。さらに二日後、画家から再度の抗議を受けると、ギャングなる言葉は、現場の椅子の音がうるさかったため、アメリカ人に対する批判を聞き違えたのだというなんとも滑稽な弁明記事を、今度はH.G.のイニシャルでまとめたのである。

以上の顚末を、私は一九九二年に刊行されたギベールの遺作『赤い帽子の男』のなかで知った。バルテュスをめぐる興味深い挿話のなかでも、この記事のやりとりはあまりにできすぎているので、さすがに作り話だろうと思っていたのだが、僥倖を得てそのギベールの作品を翻訳することになり、念のため図書館で当時の新聞を調べてみたところすべて事実だと判明した。

二〇一四年の夏、そんなことを思い出しながら、上野で見逃したバルテュス展を京都まで追いかけ、むかし古書で買った『MITSOU』の復刻版が見たくなって倉庫の奥を漁っていたら、三十年前のスクラップブックが出てきた。たしかに自分で切り貼りしたものである。何気なく開いてみると、いきなり、「バルチュス氏　最後の恐竜の誤報騒動」(「朝日新聞」一九八四年十月一日付夕刊)というタイトルが眼に飛び込んできて、私を混乱に陥れた。なんともう二十歳の頃に先の逸話を日本の新聞で読み、スクラップまでしていたのだ。こんなことがあっていいのだろうか。

狐につままれたというより、愛猫ミツをなくした少年の顔になって、しばらくのあいだ呆然とその黄ばんだ切り抜きの文字を眺めていた。

てのひらの石膏像

直方体の台座に立つ棒きれみたいに細い細いその人は、同時にまた、大きなてのひらの上にも立っていた。釈迦のではない。詩人、宇佐見英治のてのひらである。黒い影に沈んだ右の手の、指の節くれの固さを丁寧に取り除いたやわらかいうてなの上に、その人は文字どおり垂直に存在していた。爪先立って背筋を伸ばしたり顎を引いたりするのではなく、なにもしていないのに上へ上へと引っ張られるような姿勢でコイルさながら周囲に渦巻き状の磁力線をつくりだす、ジャコメッティの小立像。芸術家たちを写し出すモノクロのポートレイトが並ぶなか、その一枚はひときわ目を引いた。

彫刻作品の力は、その大きさに比例するわけではない。ジャコメッティの彫像ほどそれをはっきり示してくれるものはないだろう。私が彼の作品をまとめて見る機会を得たのは、学部生の頃に開かれた西武美術館での展覧会と、留学生時代にパリ市立近代美術館で遭遇した大回顧展の二度にすぎない。どちらにも大きな感銘を受けたのだが、いま振り返ってみると、後者の圧倒的な規模よりも、天井が低く自然光などどこにもない前者の窮屈な展示のほうに、さらに言えば、大型百貨店の最上階という奇妙な空間での回顧展よりも他の美術館の、数に限りのある常設として出会ったときのほうに、もっと言えば、画廊で不意に出くわした単体のジャコメッティのほうに、私はなぜか心を摑まれてきた。

わずか十数センチの塑像が、空間を満たすどころか膨脹させ、見ているこちらの背丈をどんどん小さくしていく現場に立ち会うのは、ひとつの奇蹟的な体験である。先のモノクロ写真で驚いたのは、三次元で生起するその感覚が、二次元の写真のなかでも起こっていることに気づかされたからだ。

逆光で捉えられて黒い彫像と化したその十センチに満たない石膏像がジャコメッティ当人から詩人に与えられたものであることを、私はすでに知っていた。ジャコメッティのモデルをつとめていた矢内原伊作の紹介でその知遇を得た宇佐見英治は、当のヤナイハラのいないパリで彫刻家と親交を結んだ。石膏像は真の友情の証である。詩人は無防備な作品を壊さないよう大切に保管し、たまに取り出して机上に置いた。その途端、書斎は「涯しない彼方にまで拡大され」、「はじめて人間に出会ったような、また生きることがすでに遭難であるような存在の悲劇性と幻惑」（宇佐見英治著『三つの言葉』）を全身に感じたという。

この清冽な書斎の写真が、『方円漫筆』の巻頭近くに掲げられている。目の細かい、長方形の区切りのじつに美しい硝子障子。正方形の炬燵と文机。床の間に設置されたオーディオアンプ。左端に写っている石油ストーヴ以外、調度はみごとに矩形で、重心が畳の床に近いほうにある和の空間。詩人はそこに座って真っ白な像をてのひらに載せ、ともに被写体となった。撮影は安齊重男である。

それにしても、かつてこれほど広大無辺のてのひらがあっただろうか。詩人の手が特別に大きかったわけではない。石膏像が、釈迦にまさるとも劣らぬ力で彼のてのひらを拡大したのだ。それを平面の記憶にとどめながら立体化していく彫刻写真の矛盾について、その日私は、ずっと考えつづけていた。

呪縛について

泰西名画を「やすにし」名画と読んだ若者に「たいせい」名画の何たるかを説明しながら、私は彼とおなじくらいの年に体験した出来事を思い出してその話をしたくなったのだが、与えられた時間ではとても終わりそうになかったので、あきらめてごく単純な語義の説明にとどめた。『広辞苑』第六版によれば、泰西の「泰」とは「極」の意、つまり「西の果て」であって、西洋諸国、もしくは西洋の意味なのだが、かつての私には「泰西」と「西洋」はべつものに思われたという、そんなことを喋りたかったのだ。

泰西名画という言葉はいまだに新しいね。美術を専攻している知人にそう言ったら、怪訝な顔をされた。しかしそのとき、私は本気でそう思っていたのである。泰西の何たるか、名画の何たるかもわからないのに、泰西名画としてくくられてきた絵画の世界が隅々まで明るく照らされるはずはない。それが西洋と言い換えられただけで相貌を変える。泰西名画はただひたすら嘆賞していればいいのに、西洋名画や西洋絵画になると、観ている側に観ていることに対する責任が生じて、なにがしかの「解釈」を求められるような気がしてくる。そう話したのだ。

日本橋で、泰西名画のおそらく代表格のひとりといっていいミレーの展覧会をいっしょに観た帰りだった。専門領域とあって知人はどこからか無料招待券を譲り受けたらしく、うち一枚をお裾分けしてくれたのである。展覧会の売りは《羊飼いの少女》の下から発見された《バビロンの捕囚》のエックス線写真と二種類の《種をまく人》を並べたことだったのだが、前者は肉眼で判別できない領域の話であり、絵を観ることがいくら可視のなかに不可視を覗くことだと言っても少々度が過ぎるように思われて、正直なところ、誘われたときはあまり気乗りがしなかった。招待券がなければ足を向けなかったかもしれない。

それでも、展示をたどっているうち、自分のなかで泰西名画から西洋絵画への橋渡しが少しずつなされていると実感できる瞬間があった。まずは入り口近くの《自画像》。これが自身の内側を覗く人の、じつにひきしまったよい顔をしていた。二十六、七歳といったところだろうか。それがいちばん若い頃の作品で、《晩鐘》や《落ち穂拾い》にまとわりつく言葉はそこできれいに排除され、叙情に満ち、宗教的な倫理観から解放された後年の作品群の下地に、きわめて知的な分析とメチエの追求、フォルムと配色の探求がなされていることが、否定しようのない事実として理解できた。農夫や羊飼いの娘への愛、農作業や自然の営みに対する賛辞は、磨かれた技術があってこそ形になったのである。

農民たちの間近にいて彼らを愛しつつ、画家としての矜持と視線を失わずに醒めた眼で「絵」のことを考え抜いていたミレー。泰西ではなく西洋の二語を絵画に付すといった外づらの問題ではなかった。泰西も西洋も取り払ったときに、はじめて「絵」を考え、「絵」を描くことの重さが伝わってくるのだ。そこに「文学」を添えても、たぶん似たような結論になるだろう。

泰西を「やすにし」と読んだ若者に語るには、しかし、いかにも大袈裟な話である。こういう話柄に陥るところに、泰西なる言葉の光明と呪縛が残っているのかもしれない。

言葉の羽虫を放つ

二〇一一年五月に刊行された旧作を、文庫にしていただいた。この本に触れると、いつも駒井哲郎を思い出す。同年の四月末、町田市の国際版画美術館で開かれていた駒井哲郎展に関連する催しのひとつとしてなにか語ってほしいと依頼され、学生時代から親しんできた文芸書の装丁を介したこの画家との漸進的な出会いについて、一時間半ほど話をした。その折、美術館側のご厚意で、書店に並ぶ前のほとんど見本に近い拙著を会場に置かせていただいたのである。

まだ言葉を発する前の乳幼児を主人公にしたこの作品は、二年以上におよぶ文芸誌での連載をまとめたものなのだが、単行本化の最終段階で、東日本大震災と原発事故が起きた。未曾有の事態と精神的な緊張、もしくは自失の時をいかに乗り切り、先々の生活と自国の未来をどのように思い描くべきか、少なくとも私の身のまわりの大多数の人々は、ひりひりするような「いま」を過ごしていたと思う。まさか当時の、どんな脆さであってもそれを束ねて大きな指標となる柱を作ろうという、人としてあたりまえの決意がこんなにもはやく潰え、あの出来事がまるでなかったかのように物事が進んでいくことになるとは想像もしていなかった。

勤務先の大学は当該地区出身の学生たちの安否確認等のため、新学期の開始を五月の連休明けまで延期した。親本の最終校は、不幸によって生じたその空白の一ヵ月のあいだにようやく完成させたものである。それだけにいっそう、文庫化に際して、あの頃の空気が「版」として心に押し直されたように感じられたのだった。

会場へは、自宅の書棚から選んだ駒井哲郎装丁の、もしくは駒井哲郎の作品を表紙カバーに用いた文芸書を撮影し、電子データにしたものを持って行った。まっ平らな紙面ではなく、厚みのある紙に圧をかけてインクを乗せる活版印刷の版面は、版画そのものである。指で触れれば凹凸が感じられ、光の加減によって文字の表情が刻々と変化する書物こそ版画を合わせるにふさわしい媒体なのだ。そんなことを写真を示しながら私はゆっくり話した。

普及版でも十分に美しい仕上がりの本については、両頁を開いて接写した文字を大きく映し出してみた。片手で本を押さえ、もう片方の手で写真を撮るだけの作業だから、開きやすい箇所を無作為に選んだにすぎない。ところがその無作為の一枚に、心のなかで声をあげてしまったのである。駒井哲郎の清冽な樹木を表紙に植えた中村稔の詩集、『羽虫の飛ぶ風景』の詩行だった。

やがて驟雨が通過し、
あまりに多くが旅立っていった後、
静物はその耳に聴くであろう、

——その占めている空間の外、

厨房にささやきあう女たちの私語と
永遠ほどに長い虻の唸りと。

言葉を発しない乳幼児が「あまりに多くが旅立っていった後」にやってくる。まだ完全には機能していないその眼にも、未来の羽虫は飛んでくるだろうか。希望を殺ぎ、言葉を殺ぐ世であの子は正しく物事を聴き取り、樹木に射す光を感じられるだろうか。そんな想いが脳裡を過ったのだ。春の日の沈黙を、もう噛みしめるだけで済ますわけにはいかない。何度でも何度でも、言葉の虫を放たねばならない。

胃の痛む話

古い雑誌を一冊、時間をかけて端から端まで嘗めるように読み尽くす。ひとりでは速度を上げがちになるので、複数の人とああだこうだ言いあうのが好ましい。ある年の暮れ、その思いつきを大学の演習に使えないかと内容のひな形を作ってみたところ、ゆうに数年はかかることが判明して泣く泣くあきらめた。広告ひとつにも注意を払い、なぜそんなものが掲載されているのかを調べるだけでも大変な作業になるからだ。

たとえば手元にある昭和二十七年「群像」四月号の表紙裏には、上段に「若さと健康をまもる…強力男性ホルモン《エナルモン》」が、下段に「脳溢血の薬…痔にも効く」という触れ込みで《複合ルチンコーワ》なる薬品の広告が掲げられている。後者の文言はかなり深遠だ。ひと頃、蕎麦粉に、とりわけ韃靼蕎麦に血管壁をやわらかくして血液をさらさらにするルチンが多く含まれているという話をよく聞かされたものだが、広告の種類が購読者の年齢層に対応していることは言うまでもない。

実際、観音開きの目次の、内側に折り込まれた扉には、「抜毛を止め毛生を促進」する、「桑からとつた植物精養毛料」や「高峰譲吉博士發見」の消化剤「タカヂアスターゼ」の文字が躍っている。タカヂアスターゼは『吾輩は猫である』の苦沙弥先生ご愛用の薬だから、文学的な由緒のあるものが選ばれていると考えていいはずで、そうなるとこれらの広告からどんな作家、作品が連想されるのかを問いたくなってくる。薬と文学というテーマで遊ぶだけでも一年はつぶれるだろう。男性ホルモンや脳溢血の薬から谷崎潤一郎の晩年の小説を連想すれば、いったん雑誌の外に出て、『鍵』や『瘋癲老人日記』精読の欲望にかられる。都合のいいことに、この号には中村光夫の「谷崎潤一郎論」が掲載されている。目次順にたどっていく楽しみを無視して、表紙裏から一挙にそこへ跳ぶことも許されるわけだ。

谷崎の関西移住の契機は、一九二三年の関東大震災である。しかし実態はあくまで創作の岐路に立っていた内的な必然にもとづく「藝術的」な選択であったことを、中村光夫は敬体でじわじわと首を絞めるように説いていく。自身の芸術の延命と改革には、男性ホルモン治療も育毛促進剤も痔の薬も消化剤も役に立たないと言わんばかりの、苦い良薬の味わいに満ちた論考だ。その後味を残したままあらためて目次に戻ると、創作特集には久板栄二郎「巖頭の女」、正宗白鳥「憎怨無限」、尾崎一雄「薄氣味の惡さ」という暗い印象の題名が並んでいる。三島由紀夫「あめりか日記」や伊藤整「日本文壇史」、さらに阿部知二、梅崎春生、神西清の三人からなる創作合評と、それぞれの精読にどのくらいの時間が必要になるかわからないほどの充実ぶりである。

しかし、最大の難関は駒井哲郎の色刷り版画が鮮やかに配された表紙かもしれない。資生堂ギャラリーでの初個展の前年に制作されたこの作品の位置づけや、美術誌ではなく文芸誌である「群像」とのかかわりを解き明かす調査を最初に持ってくればもう立派な論文の材料となって、悩ましいどころか仕事の大きさにきりきりと胃が痛む。タカヂアスターゼの広告は、たぶんこんなところでも生きてくるのだろう。

右から六人目のフォートリエ

芸術家と呼ばれる人々の年譜を見ていると、あるときなにもかも捨て去って姿を消し、各地を放浪といった記述にしばしば出くわす。制作の行き詰まり、精神状態の不安定、経済的な窮乏。理由によって不在の印象は異なるのだが、行き先も時期も、なにをしていたのかもわかっているのに想像しがたいという例もないわけではない。

たとえばジャン・フォートリエが、一九三四年からほとんど制作の筆を絶って、アルプス地方のティーニュでスキーのインストラクターをしながらダンスホールを兼ねたホテルを経営し、三六年には、そこから数キロ離れたヴァル・ディゼールに《大熊座》というナイトクラブを開業して、第二次世界大戦が勃発するまでその経営に携わっていたという伝記的な事実。たいていの画集の年譜にそっけなく記されている数行の記述が、私にはながいあいだどうもしっくりこなかった。体感としてすんなり認められないところがあったのだ。

フォートリエは一八九八年生まれ。一九三四年といえばもう三十代半ばである。いったい彼はいつスキーを学び、いつインストラクターがつとまるほど腕を磨いたのか。最初の疑問はまずそこだったが、現在もかわらず営業しているというこの《大熊座》での日常についても知りたいと思っていた。

だから二〇一四年、東京ステーションギャラリーを皮切りに豊田市美術館、国立国際美術館と巡回したフォートリエ展のカタログに、《スキーのインストラクターとして受講者とともに写真にうつるフォートリエ》として掲げられた一枚の写真は、アビシニアのランボーか、あるいはロートレアモンことイジドール・デュカスの写真をはじめて見た人にとってはそうであったにちがいないというほどの、新鮮な驚きをもたらした。撮影時期は三四年から三八年頃とあって、確定されていない。画面に収まっているのは総勢十五名。子どももふたり含まれている。フォートリエは右から六人目で、少し首を傾け、軽い笑みを浮かべていた。

右の展覧会図録に寄せられたエティエンヌ・ダヴィッド編の年譜を見ると、フォートリエと山を結ぶ線がうっすらと浮かびあがる。一九一七年、第一次世界大戦に応召し、最初は通訳として、のち看護兵としてフランス北部の前線に赴き、毒ガスを浴びたフォートリエは、入院治療を経て、傷んだ肺のために空気のきれいなチロルの山に向かう。一九二一年のことだ。結核ではなく化学兵器による「魔の山」体験である。二七年にもアルプス地方に出かけているから、このとき肺を洗うだけでなくスキーも学んだのだろうか。

ヴァル・ディゼールのスキー学校ESFの公式ホームページによると、フランス初となるスキー学校がこの町にできたのは一九三六年。協会が設立され、インストラクターが資格制になったのは三七年とある。それ以前は自由に教えることができたわけだが、フォートリエの講師生活は《大熊座》までと考えていいのかもしれない。彼は山の上で、「スペイン白」と呼ばれる白亜塗料を紙に塗って下地をこしらえる実験をしていたという。これが《人質》シリーズを支える技法につながるのだろうが、あの連作の氷河のように重い下地の白に、スキー・インストラクターの体験が生かされているのかもしれない。そこまで考えたところで、ようやく「事実」が腑に落ちたのだった。

嗅覚の恐怖政治

母を通じてチンギス・ハーンの血を引くという大横綱の連勝記録や優勝回数が話題になるたびに、ある年代より上の人々は巨人、大鵬、卵焼きの三点セットを思い浮かべるのではないだろうか。ウクライナ人の父を持つ大鵬は彼に四股名の一文字を与えた大横綱でもあったからだ。この組み合わせについては、かつて拙著で触れたことがある。ほんとうは音の流れを重視して、読点なしできょじんたいほうたまごやきとひらがなで表記したかったのだが、もともとサイン、コサイン、タンジェントとあわせて語るつもりだったので、一方をひらがなにして読点を取ればこちらもさいんこさいんたんじぇんとになり、言葉の切れ目が判断しづらい。だから最後のところで自己規制を働かせてしまったのである。

じつは、そこにもうひとつ異なる組み合わせが添えられるはずだった。本が出たあとしばらく忘れていたその三つ目の有機結合の響きを、立春をすぎてなお冷え込みの厳しかったとある晩、気乗りのしない会食の場で不意に思い出した。きっかけは、立派な和食の店の、掘りごたつ型テーブルで同席した背広姿の相手の足から見えない熱源にあおられてたちのぼってくる、強烈な臭いだった。それはちょっとふつうではない濃度で、鼻だけでなく目までやられそうになり、夏場ならまだしもこの寒さのなかで発酵させるのはさぞかし大変だったろうと、逆に感心したくなるほどのものだった。

臭いに襲われた瞬間、私は学生時代に戻って、大学近くの、番台のような受付で靴を脱ぎ、それをあずけてから床に座って観るという仕組みの奇妙な映画館のなかにいた。年間会員になると平日のあいだ切れ目なく回転している常設プログラムを何度でも観ることができたので、なにもする気がおきない午後に、銭湯に行くような感覚でよく立ち寄ったものだ。こちらの無為の周期と上映プログラムのそれが一致していたため、いつ行っても『処女の泉』と『地下水道』と『戦艦ポチョムキン』にかち合って、しょじょのいずみ、ちかすいどう、せんかんぽちょむきんは、二十代はじめの一時期を支配する呪文でありつづけた。

日曜日には、しばしば特別プログラムが組まれた。この枠には会員特権が適用されなかったので別途料金を払わねばならなかったのだが、記憶の揺り戻しのきっかけとなる出来事は、アンジェイ・ワイダの『ダントン』を上映中の座敷で起こった。病みあがりのロベスピエールが和解の可能性を求めてダントンを訪ね、相手がグラスになみなみと注いだワインを一滴もこぼさず持ち上げて乾杯する。そのあたりで、前に座っていた男の足下から強烈な異臭がたちのぼってきたのである。こぼれないワインさながらすぐには散らず、異臭は鼻先にながくとどまりつづけた。満席で移動することもできない。せっかく追加料金を払ったのに。人権宣言を叫びそうになるのを必死に抑えたあの夜、ダントン、マラー、ロベスピエールが嗅覚の恐怖に結びついたのだった。

しかしこの映画にマラーは登場しない。暗殺されたあとの展開だったからだ。代わりにデムーランを入れると、音のつながりが微妙に狂う。ダントンマラーロベスピエールを先の事例に並べなかったのはあしき自己規制ではなく、処刑されてはいないマラーの序列に対する無意識の配慮だったのである。

まだらな青

横須賀美術館で海老原喜之助の《ポアソニエール》と久しぶりに再会した。一九三四年、パリから帰った翌年に描かれた作品で、かつて『気まぐれ美術館』の洲之内徹が所有していたものである。縦四五・四×横三七・六センチ。それほど大きな絵ではないけれど、青が凝縮されすぎず、無理なくひろがる空間としてちょうどいい。ただ、その魚売りの女性の服の青とも彼女が頭に載せた籠のなかの魚の青とも異なる、しかしみごとに同系色のやや緑がかった背景の質感に、私は面食らっていた。以前観たときの印象とずいぶんちがっていたからである。

記憶のなかで、この青はもっとまだらに描かれていた。全体がぺったり塗られているのではなく、空気層というのか地層というのか、いくつかの色の階調があって、女性の顔にわずかな憂いさえ読んでいたような気がする。ところが十数年ぶりに相見えたこの絵には、作品世界の張りと号数の小ささがつり合わないほど若々しい気韻があった。これはいったいどういうことなのか。静かに流れていく人々の頭越しにじっと魚売りの女性の顔を眺めていると、最初に出会ったときの状況が思い出されてきた。

はじめてこの絵を観たのは、目黒の坂の下にある美術館で開かれた、まさしく先の洲之内徹コレクションを中心とする企画展でのことだったはずで、当時私は、目黒駅からバスで十分ほどのところにある大学へ、週に一度、非常勤講師として働きに出ていた。午後のコマの担当だったので、昼前に駅の近くまで移動し、あれこれ時間調整をするのがつねだったのだが、その日は情報誌を買って喫茶店に入り、軽食を取りながらぼんやりページをめくっていた。そこで偶然、この展覧会のことを知ったのである。

すぐに店を出て、足早に坂を下った。あとに仕事が控えているのだ。幸い、美術館は目と鼻の先だった。目黒通りに出て橋を渡りさえすればいい。ところが、少しでも近道になればと思ったのだろう、私は目黒川沿いに歩き出していた。これがいけなかった。区民センターに通じる橋の下にさしかかったとき、寝転がって酒を呑んでいるふたりのおじさんに声を掛けられ、身動きできなくなってしまったからである。あんた、平日の昼間からこんな川沿いをうろついて、なにしているんだ。こちらが尋ねたくなるようなことを彼らは次々に訊いてくる。酒は固辞したものの三十分ほど相手をする羽目になり、持っていた情報誌まで提供させられた。やっとのことで逃れたときにはもうへとへとに疲れ果て、気分はすっかりまだらになっていた。《ポアソニエール》の背景の、「エビハラ・ブルー」がよい意味で不均一に塗られていると感じたのは、予想外の試練のせいだったのかもしれない。

あの日の午後を思い出しつつ、美しい海の青が曇り空に隠れていた美術館で海の一語を名に持つ画家の作品を編年で追い、膨大なデッサンと神話的な題材を扱った作品群に触れたあと、私は鬱ぎはじめていた。本当にやりたいことを押し殺し、無理に無理を重ねている息苦しさ。戦後、おのれに課したこの修行を経なければ、原点に回帰したようなパリでの「絶筆」にはたどりつかなかったのだと、いくら納得しようとしてもだめだった。心はふたたび、まだらになっていた。

汚染に抗うための再読

ある時期までモーパッサンの短篇は、フランス語学習者が中級文法を学び、文学作品に接する際の定番中の定番とまではいかないまでも、文法書や読本にはまだまだ生き残っている十九世紀フランス文学の良質な窓口のひとつだった。私も古書店で買ったその手の注釈つき読本ではじめて原文に触れ、それをきっかけに少しずつ読んでいった口だが、先日、「野あそび」と訳される小品を読み返す機会があって、初学者の頃は字面を追うので精一杯だったという事実を、あらためて認識させられることになった。

パリのマルティール街に店を構える金物屋のデュフール氏は、ある晴れた日の朝早く、隣の牛乳屋の二輪馬車を借り、妻と娘と祖母、のちに娘婿となる丁稚を従えてセーヌ河の下流に向かう。物語は川辺のレストランに着いたときからはじまる。かつてはそう思っていた。しかしモーパッサンはそこに到るまでの道筋を簡略ながらしっかり書き込んでいて、じつは目的地に着く前になにかが起こっていたのである。

馬車はシャンゼリゼ大通りを抜け、ポルト・マイヨから「壁の外」に出る。ヌイイーの橋のあたりで少し田舎らしくなり、クルブヴォワの交差点から見はるかす地平線のひろがりに一同感嘆する。右手にはアルジャントゥイユの鐘楼、その先にサンノワの丘とオルジュモンの風車小屋、左手にはマルリィの水道橋とサン・ジェルマンの高台が見える。正面にはコルメイユの要塞が、そしてさらに奥まったところにある平地や村々の彼方に、鬱蒼とした森の緑が横たわっている。

ところが、そこにちらほらと不穏な描写が混じるのだ。道路の両側に広がっているのは、どこまでいっても剝き出しの、薄汚れた悪臭のする土地である。まるで病にむしばまれたように骨組だけで放り出された家々、屋根のない壁だけ残された小屋が点在し、彼方に長い煉瓦煙突が連なっている。春の風が伝えてくるのは、おそらく工場から漏れ出る石油やオイルやシェールにする片岩の臭いだ。蛇行するセーヌ河をふたたび越えると、多少はましな空気を吸うことができる。ただし、煤煙やゴミ捨て場の臭いが完全に消されることはない。一帯はブゾンと呼ばれ、一九三〇年代にセリーヌが夜の果てにある街として描き出す郊外地区だ。

それぞれの土地にはそれぞれの物語があり、時代とともに更新されはするものの、完全に消え去りはしない。一行はやがて、川魚を食べさせる旅館のようなレストランの敷地に馬車を止める。個室があり、ブランコもあるプーラン亭。ここから先の展開は、ジャン・ルノワールが『ピクニック』で映像化している通りである。映画の冒頭で、店の主人がボートに乗った男たちに、釣ってきた魚をどうするか尋ねる。すると、一方はもう魚なんぞこりごりだと言い、他方は近頃の魚は石油臭いと嘆く。パリの連中に食わせればいいというのが彼等の結論だった。「野あそび」が発表されたのは一八八一年。その時点で川魚は、汚染された二十世紀の郊外を予告していたわけである。デュフールの娘が自然のなかでむやみと心をかき乱されるのは、中心から周辺部へと向かう負の力線に乗せられていたからでもあるのだ。再読はたぶん、その汚染に抗う有効な手段のひとつなのだろう。

海に叫んだあとの日々

大雑把に分類すれば芸術関係の文芸書と呼びうるだろう本を編む機会に恵まれ、あとがきに宇佐見英治の言葉を記したのがきっかけとなって、本筋とは関係のない事柄をあれこれ考えることになった。

一九九八年に小説とエッセイを新しく組み合わせて復刊された『死人の書』をめぐる小さな評を書いたのが縁となって、亡くなられるまでの数年、私は宇佐見さんと幾度か手紙のやりとりをした。最初にいただいた手紙の思い出を右の拙著に記したのだが、そこで詳しく触れなかったことがひとつある。当時まだ三十代半ばだった私に対して、あなたのような「若い人」にぜひ読んでもらいたいと、別便でほぼ同時に、『戦中歌集　海に叫ばむ』（砂子屋書房、一九九六年）を送ってくださったのだ。宇佐見さんが二十五歳から二十七歳にかけて、「野砲兵の一少尉として南方戦線を轉進中」に書き留めた歌をまとめたものである。

野砲兵第四聯隊は、一九四三年の秋、スマトラ島に上陸し、シンガポール、マレー、タイと転進して、ビルマのシャン高原で敗戦を迎えている。自序の末尾に、行軍中、辺境で出会った人々を「名も知らぬまま、當時の日本人一般の呼び方に倣《［ママ］》い、土民と記した歌が数首ある。いま讀むと、こうした語には蔑稱的なひびきが伴い、われわれがゆえなく思い上っていたことが感じられる。しかし歌はすべて作歌當時のままにした」という、若い日の過失に対する言葉が添えられていた。

恥ずかしながら、私はそれまでこの歌集を読んでいなかった。数ある自著のなかでなぜこの本を贈ってくださったのか。敗戦後、中国戦線から戻った小島信夫らとともに「同時代」を創刊し、その創刊号に載せた小説「死人の書」を中心に述べた短い感想のなかから、いったいなにを感じ取ってくださったのか。緊張しながら私は一首一首読み進めた。巻を閉じ、瞑目して、すぐれた若者たちが、またその師にあたる人たちが、こうした戦地での実見をつづる以前に、戦地なるものを生み出していく愚かな過程になぜ巻き込まれ、なぜそれを受け入れていったのかについても考えざるをえなかった。そして宇佐見さんは、自らもふくめての、「ゆえなく思い上っていた」という一人称複数に対する苦い思いを、偽らずに年下の人間に伝えようとされたのだと私は理解した。戦後に展開される硬質でかつ細やかな、歌ではない散文の根幹に、これら一連の負の体験があったことは容易に想像できる。

書名は「胸のうちに抑へたまれるこの思ひ血を吐くごとく海に叫ばむ」からとられている。「この思ひ」は複雑で重層的だ。二十代の若者の歌には、兵を待つ「娼婦」や現地の「をんな」のことも、おそらくは実体験に近いものとして出てくる。タイでコレラに罹患し、生死の境をさまよったときの叫びには、べつの官能性が漂う。「看護婦さんと息のきはみに叫びたり何ぞやさしきわれの聲かも」。

戦後、宇佐見英治は短歌を捨てた。「なぜ日本の詩歌だけが非人間的戦争謳歌に向ったかを究めねばならぬと思ったからである」。日本の詩歌だけが、と限定できる知識を私は持たない。しかし宇佐見英治の明澄な日本語の依って立つ場所を、『海に叫ばむ』は照らし出してくれたのである。

話し合う夏

夏休みに読む本という特集のありがたみは、そのような休みと縁が切れた年になってようやく身に染みてくるものだ。暑いさなかに読むものとしてなにがふさわしいかは、しかし頭を悩ますところで、時間と体力のあった若い頃には長いものが読めず、というより長いものを読むことのよさを理解できず、むしろ年をとってから、読んでも読んでも終わらないような作品に触れたい気持ちがつよくなってくる。どうせ出来はしないとわかっているだけに、夢がふくらんでいくのかもしれない。

数年前の夏、ヴァカンスの時期に、フランスのラジオ局が全四十回にわたって短い読書番組を組み、大変話題になった。平日の昼間、十二時五十五分から十三時までの五分間。昼食の前、あるいはその最中に聴くことになるのだろうか、子どもも大人も微妙にもてあます、だからこそ得がたい時間を狙って選ばれた対象は、十六世紀のモラリスト、モンテーニュの『エセー』である。何巻もある大河小説ではないけれど、一語一語をたどっていくために必要な「遅さ」を加味すると、通読するのに何年もかかりそうな思考の素であり、巣でもあると言っていいだろう。

形式からすれば、『エセー』は断章集である。右のラジオ番組では、そこからさらに断片を取り出して俳優が朗読し、二十世紀文学研究でも知られるアントワーヌ・コンパニョンが解説を加える形をとっていた。題して「モンテーニュと過ごす夏」。この内容をまとめた書籍も成功を収めた。『寝るまえ5分のモンテーニュ「エセー」入門』として日本語にも移されている（山上浩嗣・宮下志朗訳、白水社）。訳文のやわらかさとは裏腹に、内容は濃い。しかも乱世と呼んで差し支えない現在の日本においてこそ読まれるべき示唆に富んでいる。

モンテーニュはまずもってすぐれた法律家であり、政治家だった。『エセー』の初版（第一・二巻）は一五八〇年に刊行されているのだが、そのあと数年間、彼はボルドーの市長をつとめた。第三巻は、政治を退いたのちの八八年、初版改稿版とあわせて刊行されている。彼はこの版にもひたすら書き込みを加え、自身との対話を死ぬまで継続した。重要なのは、自他の声を聞く人としてのモンテーニュの、実践に基づく思索である。はかりごとをせず、ありのまま、誠実に自分を見せること。甲乙双方の心を引き出す、あらぬ疑いを掛けられない「信用」こそが、政を司るものとして、もしくはひとりの人間として重要であることを彼は熟知していた。

第三巻「話し合いの方法について」の一節が胸にしみる。話し合いとは他者の言葉に耳を傾けることだが、それは相手を信じることでもある。相互信頼は人間の契約のようなものだ。傲慢さは、厳しく排除される。ただし「今の時代の人々を、そうする気持ちにさせるのはむずかしい」とモンテーニュは言う。「彼らにはまちがいを直す勇気がないのだ。なぜならば、自分がまちがいを直されることに耐える勇気がないのだから」。同時代の日本語で読む以上、「今の時代」とは私たちの今でしかないだろう。誤りを指摘されたら素直にそれを認めて、次に活かせばよい。しかし「まちがいを直す勇気がない」者たちは逆に居直り、論点をずらしてごまかそうとする。人の愚かさも賢さも、その双方を抱える矛盾との戦いも現在のものだ。モンテーニュが闘った夏は、いまだに終わっていない。

幻影の家政学

絵にばかり目を奪われて、あやうく通り過ぎるところだった。その低めのガラスケースのなかにあったのは雑誌の切り抜きが貼られているスケッチブックで、見開きの状態だから他の頁がどうなっているのかはわからないのだが、選ばれた写真の色合いや被写体の並び方に見覚えがあった。説明書きのレイアウトにも定番的な特徴がある。おおよその見当は付いた。迂闊にも、私はそこでようやく、金山康喜のパリ滞在が一九五〇年代だったという展覧会のタイトルにもなっている事実に目を向けることができたのである（神奈川県立近代美術館葉山）。

渡仏前から、金山康喜はすでに独特の発色の青を基調とする画面のなかに、多くの事物を描き込んでいた。東京帝大経済学部を出て社会科学の大学院で学問をつづけていた金山が、数理経済学を学ぶ名目でパリにやってきたのは一九五一年六月。翌年からはソルボンヌ大学に籍を置き、同時に、もうひとつの目的であった絵画の制作をはじめる。同年、サロン・ドートンヌに入選するなど、成果はすぐさま現れた。画面のなかのテーブルには、パリで目にするさまざまな日用品が配置されていった。右のスケッチブックに残されていたのは、そのうちのコーヒーポットやコーヒーミルの写真だ。

手元に、むかしパリの古物市でまとめ買いした一九五〇年代の「アール・メナジェ」がある。家事を取り仕切る技術と言えば大袈裟になるけれど、要は家政のための雑誌で、母体となっていたのは一九二〇年代から八〇年代まで継続して開かれていた生活用品の見本市だ。洗濯機、掃除機、冷蔵庫、ガスレンジ、フライヤーなどの新製品に加えて、瀟洒な家具や照明機器をあわせた室内レイアウトの写真がならび、DIY用の材料や工具の紹介、料理の頁なども充実している。広告のあるフランス版「暮しの手帖」といったところだろうか。

第二次大戦後の荒廃から立ち直って生活に余裕が出てきた一九五〇年代、家事の電化が推進された頃に、「アール・メナジェ」は大きく部数を伸ばした。スケッチブックの写真を特定したわけではないのだが、金山の一見自由な作品の構図にも、これら五〇年代初期に刊行された家政・インテリア系雑誌の影があるように思う。

パリ時代の金山康喜が描く静物にはどれも重みがなく、手で触れればそのまま向こうに抜けてしまいそうな覚束なさがある。《コーヒーミルのある静物》や《食前の祈り》の背景の青は、海ではなく空に近い。物ひとつひとつにまるで水圧がかかっておらず、全体が中空に浮いている。輪郭は描かれているのに透明度が高く、現実から遊離している。なぜこんなことになるのか、具体的な手触りを愛する人間にはなかなか理解しがたい現象だ。

同時期にパリで親交を結んだ野見山暁治の証言によると、金山のアトリエには実際に使われた小道具などなく、「モノなんて本当は無いんや、見てるときだけ在るんや、と冷ややかに笑っていた」(展覧会図録)という。実物を描いていたのではなく、印刷物の平面で摑んだ色付きの物たちの存在を空気の薄い架空の三次元に置いたうえで、二次元に戻していたのである。金山が絵画に専念しようと決意するのは、一九五五年二月、結核で肺の手術を終えてからのことだ。肺の三分の一を切除したとぼしい息で彼は幻影の家政学を実践しつづけ、四年後、一時帰国していた東京で急逝した。

申し訳ない

名を呼ばれると、発言をうながした者の方に顔を向けながら軽く手をあげ、手首から先をひらひらと揺らすようにして、男は無言でそれに応える。軽快で、かつ投げやりな印象も与えるその返し技を幾度か追っているうち、どこかでこれとおなじ動きを見たことがあるなと私の頭は回転しはじめた。ピアノ協奏曲の弾き振りでピアニストが鍵盤の上に置かれていない方の腕を宙に泳がせる時の、自信と不安を等しく秘めた手首の舞い？　磯釣りの名人が竿を振る際の、軽やかなバネを思わせる肘から先の弾み？　そうではない。思い到ったのは、チャップリンが『独裁者』で扮したトメニア国の総統アデノイド・ヒンケルの手の返しである。

ユダヤ人街に住む床屋が第一次世界大戦に召集され、終戦間際に負傷して記憶喪失に陥る。回復の見込みのないまま病院で暮らすこと二十年、床屋は病室を抜け出して店に戻る。彼のなかでは先の戦争で時間が止まっていて、あいだに政変があり、ヒンケルなる男が権力を掌握していることも知らずにいた。経済不況を覆い隠し、日々の不満をそらすためのユダヤ人迫害や、言論統制と理不尽な暴力の横行する現在の状態を彼は理解できず、あっという間に逮捕され、収容所に送られる。

ヒンケルは、おなじ体制を敷く隣国バクテリアの支配者ナパローニとオスタリッチ国への侵攻を競い、策を弄して国境地帯に身を潜めるのだが、そこで収容所から逃げ出した床屋と間違えられて捕まってしまう。独裁者と床屋は瓜二つだったのだ。身分差があって顔かたちがそっくりなふたりを入れ替える物語は定型のひとつである。しかしこの映画では両者が出会うことはない。人ちがいで入れ替わるのは二時間ほどの映画が終わるわずか十数分前のことで、ここまでの溜めが、ヒンケルに代わって大群衆の前で演説をする羽目に陥った床屋の言葉を、最後の最後で一挙に解き放つ大きな力になる。

演壇にのぼると、偽の総統は軽くお辞儀をし、おびえた子犬の目をしたまま小さな声で言う。《I'm sorry.》声を荒らげ、腕を振り上げるかわりに、なによりもまず、申し訳ない、支配者になるなんて自分の仕事ではないと詫びたのである。これは群衆の狂気と恐怖を一瞬でぬぐい去る究極のひとことだ。語っている内容を裏切らない表情と振る舞いがそこにはあった。謝ることを知らない愚者に立ち向かい、愛する女性や大切な人々を守るための思いが、言葉と身振りに滲み出ていた。

映画の製作開始は一九三九年。完成は翌年のことだ。ナチスはまだ絶滅収容所を建設していない。ホロコーストへの道が敷かれる前に、床屋は前段階の強制収容所を体験していたのである。壇上で彼は訴える。必要なのは思いやりだ、自由のために、民主主義のために、慎み深い世界のために戦おうと。刃物を使う仕事だからこそ、彼は人を傷つけない。刃を向けるのは人倫に悖る者に対してだけだ。人として、生活者としてごくまっとうなこの姿勢が、外見の弱々しさを強さに変える。弱さから転じた強さは、話し合いの場で発言を求められながら支離滅裂な弁明を繰り返す一国の長の、海月のような手の動きを無化しうるものだ。権力の横暴に抗する抑止力として、心を込めた「申し訳ない」のひとことに勝るものはない。床屋は、チャップリンは、それを誰よりも心得ていた。

記憶の埋設法

大型解体機の最初の一撃が下される瞬間を、迂闊にも見逃してしまった。白いフェンスで囲まれた敷地に横たわっている築六十年ほどの巨大なかまぼこ型の会堂は、もう完全に死に絶えて胸郭を暴かれ、屋根の弧の下に黒い闇をさらしている。フェンス越しに眺めているだけではなんだかものたりなくて、首長竜が猛威をふるうさまをコンクリートの坂道の途中や高台にある建物の窓から週に何度か追っているうち、ある日とつぜん、赤みを帯びた肋骨があらわになり、それがもう必要のない天窓からの光をうっすらと吸い取って、破壊の轟音に立ち向かおうとしていた。

無残という言葉が思い浮かぶ。たとえ寿命が近づいていたとしても、これほどの規模の生きものを、なぜ叩き壊すようなやり方でしか送り出せないのか。どこか一部でもべつの領域に活かすことはできないのだろうか。これでは対象にまとわりつく記憶も葬り去られてしまう。

いまだよくわからない理由で、しばしば海岸に鯨の死骸が流れ着く。打ちあげられたときに命があったとしても、体長十数メートル、体重何十トンという生きものをそう簡単に海に戻すことはできないので、移動法を検討しているうちに息絶えるといった事例もあるようだ。死んでいれば研究目的で解剖する場合もあるけれど、手間取っているとそのあいだに腐敗して、衛生上の問題も生じてくる。内部に溜ったガスで爆発することもあるという。

水産庁の「鯨類座礁対処マニュアル」には、鯨の種類や状況等を考慮した詳細な対処法がまとめられているのだが、鯨の残滓は一般廃棄物という身も蓋もない扱いになる。引き揚げうる大きさなら、砂に埋めて骨格標本にしたり、焼却したりすることもある。中途半端な位置に浮いていて、重すぎて陸にあげられない場合には沖まで牽引し、錘をつけて海の底に沈める方法も記されている。海底に横たわった鯨はあたらしい食物連鎖の節目になるので、これがもっとも自然な処理法なのかもしれない。

大型重機に叩き壊されている現場の惨状を見ながら考えていたのは、しかしそうした海への投棄ではなく、地中への埋設のほうである。じつは、壊されたあとの土地が深く掘り下げられ、半ば以上空間を隠した闘技場に生まれ変わることを私はもう知っている。そのうえであえて荒唐無稽なことを言えば、老朽化したこの種の建物こそさまざまな記憶と歴史をとどめた生きものとして埋葬し、百年、二百年という時間の尺度で徐々に朽ちていくのを見守ってやるべきではないかと思うのだ。

私がこの巨大な建造物に足を踏み入れたのは、学部の入学式のときだけである。卒業式には出なかったからだ。一度、ここを練習場にしていた運動部の友人が、前庭をぶらついている私の姿を認めて大声で入り口まで呼びつけ、ながいあいだ借りていて悪かったと、リュックの底に眠らせていたらしい本を返してくれたことがあった。それが『白鯨』だったりしたらこの話にも落ちがついたにちがいない。しかしこちらの手に戻されたのは、主人公が酒場で鯨飲するという話を含む短篇集だった。それを先の現場で不意に思い出したのだ。記憶はたぶん、そこに埋もれていたのだろう。

起源を見つめる力

越谷市立図書館の一角にある野口冨士男文庫の小さな企画展示室で、苦闘の跡を見せない美しい原稿とともに、新宿歴史博物館からこの文庫に移譲されたという雑誌「風景」のバックナンバーをぼんやりながめていた。「風景」は紀伊國屋書店社主の田辺茂一の肝いりで創刊されたＰＲ誌だが、立ちあげ当時から編集をまかされていた野口冨士男の手腕によって、むしろ文芸誌と呼ぶほうがふさわしい実のある媒体に育っていった。

執筆陣の母体になっていたのは、舟橋聖一主宰の「キアラの会」に属していた作家たちである。その会員のひとり、井上靖の「詩」を黄ばんだ誌面に見出したのが刺激になって、久しぶりに彼の『全詩集』を読み返すことになった。小説ではあまり見せない硬質で清冽な抒情と、そのいずれをも壊さない性愛の水脈が、ここにはかすかに流れている。第一詩集『北国』のあとがきで、井上は自分の作品が「詩というより、詩を逃げないように閉じ込めてある小さい箱のような気がした」と記している。「何らかの呪術をかければ、それぞれそこから一つの詩が生れるといった態のものである」。

ここで私は、先般ようやく拙訳が形をなしたマルグリット・ユルスナールの遺作『なにが？

永遠が』で語られる、秘められたのちに解放されていく性愛のことを、またそのおおもとにある、彼女が仏訳したギリシアの詩人カヴァフィスの詩篇「彼らの起源」を思い浮かべずにいられなかった。

禁断の快楽はなしとげられた。ベッドからおきあがると、ふたりは言葉を発することなくそそくさと服を着て、こっそり家を抜け出す。いくらか不安げに通りを歩く彼らは、ともに溺れてきたその愛がいかなる種類のものなのか、おのれの頭上にあるなにものかが暴きたてはしないかと恐れているようにみえる。
だが、おかげで芸術家はどれほど得をすることか! 明日、明後日、あるいは何年もたってから、彼はまさに、ここに起源をもつ力づよい詩を書くことになろう。(『詩集』、ガリマール書店、ポエジー叢書、拙訳)

カヴァフィスの詩は、古代と現代のギリシアを重ねた断片的なヴィジョンをじっくり発酵させ、時の実るのを待って一挙に言葉に定着させたものだ。ユルスナールは解説のなかで、感情表現を交えずに語られる彼の詩には、秘められた愛と不可分な羞恥と恐怖という「最も腐食性のつよい酸の助けを借りて線を引いたエッチングの美」があると語っている。エロスそのものの襞には踏み込まず、肉体の外面についてはなんの言及もない。そこには、ことを終えて逃げるように去っていくふたりの男の、時と空間をへだてて透明に凝結した映像があるだけだ。

カヴァフィスの世界も、備忘のために書き記しておいた記憶が、澄んだ湧き水のなかから気泡のように浮かびあがり、長い時間をかけてひとつの物語に育っていく井上靖の詩同様、詩である以上に詩を生み出す原器だと言っていいだろう。そこまで来て、私はふたたび野口冨士男の文学に舞い戻る。詩集を残した人ではなかったけれど、彼もまた、控えめな酸をかければひとつの物語が生まれるような男女の性愛の原風景を、じっと集めつづける詩人だったのではないか。晩年の小説群は、彼が起源を見つめる力の持ち主であったことを証しているのではないか、と。

茫然自失の教え

なにもないところからはじめる。いや、なにもなくなってしまったところからはじめる、もしくは、はじめざるをえないと言い換えたほうが正しいのだろうか。敗戦後の年月を十年刻みで数えることにあまり意味があるとも思えないけれど、これまで体験した記憶にある節目を挙げてみると、一九七五年を最初として、八五年、九五年、二〇〇五年、一五年の五回となる。その五回とも、毎夏に映像で過去を見直し、それを言葉で生き直してきた。廃墟の光景をただ目に焼きつけるだけでなく、終わりと始まりの境目について、あるいは終わりをどう引き受けるかについて、あれこれ考える大切なきっかけにもなってきた。

敗戦後三十年目、まだ十代の私は、すでに遠いものになりつつあった白黒の写真や報道映画を観ながら、物資も人手も不足しているなか、大人たちはこれほど真っ平らな世界をどう建て直してきたのだろうと不思議でならなかった。四十年目、驚くほど短期間に家を建て直し、街の外観を整え、復興の名のもとに前に進むことだけを目指していた時代を振り返り、ここで力を発揮している人の多くが、線分ひとつ跨ぐ直前の近過去においておなじく前進のみを念じ、結果として崩壊に荷担していたという事実に気づかざるをえなかった。

あいだを抜いて七十年目、この前後の境目の、あるようでないような感覚の根がどこに張っているのか、彼らには焼け跡とおなじような本当の意味での茫然自失があったのだろうかと自問した。うまく言えないのだが、たとえば東京国立近代美術館で藤田嗣治の戦争画と他の画家たちの仕事を見比べていたとき胸に迫ってきたのは、藤田だけが年表の線分を度外視して自分の絵ばかり見ているとの感覚だった。

戦争の画という課題を引き受けながら、戦意昂揚でも意気阻喪でもなく、画そのものを徹底的に突きつめることしか考えないような集中度。ヨーロッパの大家の作品を部分的に引用し、構図と色を厳格に定め、巧緻な筆で画面上に幻を立ちあげていくさまは、すでに猫たちの戦を描いた《争闘》で研究されていたことでもあろう。重なりあい、銃剣で突き突かれる兵士たちが描き出す暗い渦のうちに、もう猫の泉が湧いている。そこには区切りの線分を事後的に引いていく茫然自失がない。空っぽの状態で、空っぽの景色と空っぽの胸の内を見つめるための全休符が、彼にはついになかったのではないかとさえ思えてくる。

ところが、おなじ場所で藤田の全所蔵品を追い、霽光を観たあと、東山魁夷の《残照》の前に立ったとき、昭和二十二年に描かれたというこのあまりにも有名な作品に、はじめて惹きつけられていくのを感じたのである。愚かにも、私はこの絵を崩壊の全休符として捉えたことがなかったのだ。あからさまな再出発の気持ちが塗られているわけでもない。その一歩手前の、まだ希望という言葉さえ出てこない真に空っぽなまなざしが、藤田とはべつの意味で完璧な構図のなかに収められている。

絵を成り立たせているのは、しかし完璧な技術ではなく、どうしようもない心の欠落のほうだ。前後を無理にも引き裂くこの棒立ちの感覚こそ、十年刻みの敗戦の隙間からこぼれ落ちてしまったものではないだろうか。

開かれた孤島で

パリ近郊、シュヴルーズ渓谷に位置する小村ショワゼルの、半世紀前から暮らしている司祭館でミシェル・トゥルニエが九十一歳で亡くなったとの報を耳にしたあと、しばらくのあいだ、あの飾り気のない建物の周辺にただよっていた静かな空気と、破顔一笑という言葉がじつによく似合う作家から受けた歓待を、そしてその裏に張り付いていた老いの孤独のにおいを想い浮かべていた。

ショワゼルの司祭館を訪ねたのは、二〇〇八年六月。フランスの作家を何人か訪ねて話をうかがう雑誌の企画（「考える人」二〇〇八年秋号）のためだったのだが、前月に取材申し込みをしたときには、検査入院の可能性があるからまだ確約はできないとの回答だった。午前中の三十分くらいならという条件で正式に許可が出たのは、六月に入ってからのことである。

当時八十三歳になっていた老作家の厚意に感謝しつつ健康状態を案じて、取材班一行はかなり緊張していた。ところがトゥルニエは杖をつきながらも精力的に動きまわり、質問に答えるのではなく遠来の愛読者に授業をしてあげるといった雰囲気で、写真撮影のとき以外、休むことなく話しつづけた。短い時間なので大まかな質問事項も準備していたのだが、相槌を打つことはできてもそれ以上入り込む隙をなかなか与えてもらえない。問わず語りで披露されるエピソードには序論本論結論と笑いがあり、その並びがほぼ編年だったから、おそらく世界中からやってくる読者やジャーナリストたちの「よくある質問」を整理して練りあげた、お得意の演目だったのだろう。予定が大幅に延び、一時間近く経過した頃になってさすがに疲れの色が見えはじめたとはいえ、全体としては独演会に近いみごとな応接ぶりだった。

玄関を入って左手にあった書斎と居間の床には、ゴンクール賞の選考委員であるトゥルニエの眼鏡にかなうことを願って送られてきた何十冊もの新刊小説が、わざとそうしてあるみたいにばらばらと放り出されていた。全部お読みになるんですか。言わずもがなの質問をすると、まさか、と彼は笑みを浮かべた。もう膝が悪くてしゃがむことができないから、こうやって確かめる。彼は杖の先で河原の石をひっくり返すみたいに本をくるりとまわし、裏に記された筋書きを差し示した。

一九七〇年、『魔王』でゴンクール賞作家となったトゥルニエは、七三年からこの賞の選考委員を務めていた。辞意を表明したのは、私が訪ねた翌年のことである。二十一世紀に入ってから小説は発表していなかったものの、メディアには登場し、ときどき物議を醸すような発言も遺したこの老作家は、正直な印象を言えば、二〇〇八年の段階でもう若い作家たちの才能を発掘する仕事に興味を失くしているように見えた。

あれから八年。トゥルニエはどんな孤独に耐えていたのだろうか。新聞記事によれば近親者に囲まれて逝ったとのことだが、私には、『フライデーあるいは太平洋の冥界』のロビンソンのようにショワゼルの開かれた孤島に残って、去って行った金曜日のフライデーの言葉を、むなしく摑み取ろうとしていたように思われてならない。

体験の角度について

わずか数点にすぎないけれど、圧倒的な技量に支えられた画家たちの戦争画の隣で久永強の作品に再会したあと、彼の画文集『友よねむれ――シベリア鎮魂歌《レクイエム》』（福音館書店）をひもといているうち、個々の体験の角度とそれを他者に伝える行為の難しさについて、あらためて考えさせられることになった。宮本三郎記念美術館でのことである。

久永強は一九一七年、熊本に生まれた。三一年、十三歳で満州に渡り、四四年に召集されて、戦後、四九年までを捕虜としてシベリアで過ごしている。すべてが凍りつく北の奥地での過酷な強制労働を生き延び、帰国後、時計や光学機器の修理の仕事に従事しながら、六十歳を機に絵筆を握った。敗戦からほぼ半世紀が過ぎようという九二年、「戦争の非人間性の「いけにえ」になって何ひとつ報われることのなかった、ひとりひとりの事実を」証し、人々の記憶に刻むため、シベリア時代の絵を描くことを決意する。以後、二年のあいだ一日も休むことなく制作をつづけ、四十三点の作品を完成させた。

そこには、見ているだけで指先や頬に黒い煤がこびりついてきそうな香月泰男の世界の対極に位置する沈黙がある。極寒と飢餓と死に直面し、皆が人としての形を失いかけているなか、久永強は、みずから葬った仲間たちの姿を記憶の凍土から静かに取り出してみせた。その結果、個々の情景は、悲惨さから最も遠い色合いで定着されることになった。鎮められた怒りが悲惨さを覆い尽くし、むしろ素朴であたたかいなにかを表出させている。「いけにえ」を強要した力と愚かさに対する強い否定が、絵としての完全な肯定に包まれて、一種の幸福にさえ近づいていた。

シベリア抑留体験は、抑留された者の数だけある。その厳しさの内実も、置かれた環境や立場によって異なっていた。そもそも、シベリアに到り着くまでの経緯が一律ではないのだ。若い頃の私は、この一律ではない北への道筋のうち、自分自身の意志と、その意志を操る得体の知れない不穏ななにかによって極北に連れて行かれる受け身のありように、「非人間性」に残されたわずかな抵抗の可能性を認めようとしていた。第三者に責任を押しつけずに自分で対処し、対処の方法そのものによって贖罪を果たす。踏み外しをどこかで正当化しようとする無意識の逃げ道を設けていることに、うすうす気づいているからこそ生じる判断停止に似た状態を責めるよりも、むしろ正直さのあらわれと見なしておきたいと考えていたのだ。

長谷川四郎の本を読んでいたのも、そのような文脈においてである。長谷川四郎は一九〇九年、函館に生まれ、父の淑夫と関係のあった大川周明の口利きで三七年に渡満し、ロシア語の知識を活かして、満鉄大連図書館・欧文図書係の職を得た。もっともその前に、彼は法政大学でドイツ語を教えていた恩師の片山敏彦からパリ行きを打診されていたらしい。当時、片山の親友である彫刻家の高田博厚がパリにいて、ロシア語に堪能な人間を探していたのだ。片山は高田に紹介状を書き送ったのだが、その返事が来ないうちに右の就職が決まってしまい、欧州に未練のあった長谷川は、大連に到着後、高田にパリ行きの意志を示す手紙を書いた。返事は、なかった。

長谷川四郎が架空の国に対して幻想を抱いていなかったとは言い切れない。なぜなら、一九四一年、彼は自らの意志で、満鉄調査部第三調査室北方班という胡散臭い組織に入っているからだ。「調査部北方班は関東軍の情報収集のための下請機関だった。私が捕虜として比較的に長くシベリヤにひきとめられたのは、そのためである」(「デルスー時代」)。長谷川四郎が描き続けた内と外を同時に眺められる空白地帯の沈黙は、この罪の意識と無関係ではないだろう。彼の散文は、だからけっして無傷の日常には近づかない。その意味を、私はいま、以前とは異なる気持ちで受け止めている。

安置すべきもの

凹凸の少ない面を思わせる顔をした女性らしき人物が、裸のまま両足をそろえ、床にぺたんとお尻をつけた格好で座っている。左の肘が腿のうえにのっているので、胸元は陰になってわからないものの、シルエットから察するに右腕もおなじような位置にあるのではないかと推察される。女性らしいというのは身体の線の細さとその雰囲気から受ける印象にすぎず、前頭部から肩口にかけてのびているものが、髪なのか頭巾なのかはっきりしない。アフリカ大陸の呪術的な彫像と結ばれかけていた私の連想は、しかしその白黒写真に付されたクレジットにすぐさま否定された。ブランクーシの《La Sagesse de la terre》。大地と土地、英知と知恵の組み合わせで幾通りかの日本語になる神話的な姿の彫像の写真は、一九五七年、ルーマニア出身のこの彫刻家が亡くなった際、アトリエとともにフランス政府に寄贈された遺品に含まれていたもので、ポンピドゥー・センターの国立近代美術館に保管されている。

彫刻は現物を見ないかぎり、なにもわからない。ただ、ブランクーシは自作に理想的な光を当て、みずから写真に撮ることを完成までの道筋としていた。晩年のアトリエは、ちょうどモランディのオブジェのように、ひとつひとつの作品の置かれる位置と採光が緻密に計算された一種のインスタレーションになっており、作品はそこにあることでしか存在し得ないから、売却されずにすべて残された。ともあれ私は、写真を観ただけで現物に触れる機会もなかったのだが、あるとき、べつの角度からとらえられた鮮明なカラー画像を目にして、まちがいなくこの像は女性であり、頭のうえの物体は髪で、両腕がほぼ左右対称になるような形で組まれていることを教えられた。力強さだけでなく、そこには抽象化の手前でしっかりと土俗にとどまる情感があった。素材は石灰石、高さは五十センチほどらしい。

一八七六年、ルーマニアに生まれたブランクーシがパリにやってきたのは、一九〇四年のことである。ロダンの工房にしばらく身を置いたのち、十四区のモンパルナス通りに面する路地に構えたアトリエで、彼は一九〇七年に先の座像を制作し、祖国の美術愛好家に譲り渡した。ところが、ブランクーシが亡くなった年、当時の共産主義政府によってこの作品は没収されてしまう。一九八九年にチャウシェスクの独裁政権が崩壊すると、そのあいだに亡くなっていた所有者の遺族は、政府に対して返却を求める裁判を起こした。長期にわたる係争を経て、個人蔵とする判決が下されたのはようやく二〇一〇年のことなのだが、この話にはまだつづきがある。

二〇一六年三月十八日付のＡＦＰ通信、および二十日付の「ル・モンド」によれば、現所有者は二〇一四年に二千万ユーロ（約二十五億円）でこの作品の売却を決めたため、国外流出を懸念したルーマニア政府は優先交渉権を行使し、最終的に一千百万ユーロで手を打つところまでこぎつけた。ただし公庫からの供出の上限は五百万ユーロ。そこで十七日、不足分を補うために国民からの募金を訴えた。

ブランクーシは一九一六年に十五区のヴォージラール通りから少し入ったアンパッス・ロンサンにアトリエを移した。このアトリエは区画整理のために取り壊され、ポンピドゥー・センターのアネックスとして再現されているのだが、元の場所は現在、小児科で知られるネッケル病院の遺体安置所になっている。ふだんは鉄の柵で閉じられ、毎日九時から十六時まで、死者を送りに行く者だけに姿の見えない渡し守のインターフォンを押すことが許されている。半世紀以上のあいだ国に没収されていた座像は、ある意味で遺体安置所にいたようなものだったろう。ルーマニア政府の決断を「ル・モンド」が報じた翌々日、《大地の英知》を無にし、安置すべきものをあやまった新たな愚行が欧州の中心地で繰り返された。両腕を組んで座り込んだ彼女の顔を、私たちはもう直視することができない。

観覧車のとなりで

コンコルド広場の近くに巨大な観覧車が稼働しているのを出張中の宿の窓から遠巻きに眺めているうち、あれだけの重量を支える土台をどのように造り、かつどんなモーターで車軸を回転させているのか、そのメカニズムを知りたくなって、肌寒い夕刻、なすべきことを早めに済ませて見物に出かけてみたのだが、目的地にたどり着く直前、すぐとなりのジュ・ド・ポーム美術館でフランソワ・コラールの回顧展が開かれているのに気づいて、まずはそちらを楽しむことにした。一九三〇年代に産業機械や建築物を数多く撮影し、この分野の第一人者として活躍した写真家の仕事を振り返るのに、電飾をちりばめた大観覧車を借景とするのも一興だろう。

彼の本名はフランティシェック・コラール。一九〇四年、現在のスロヴァキアのセネツに当たる、当時はまだハンガリーに属していた町に生まれた。展覧会目録の略年譜によれば、十代半ばでブラティスラヴァの技術訓練校に入学し、ハンガリー語で勉強を続けていたのだが、一八年にチェコスロヴァキアが誕生したのにともなってブラティスラヴァがその支配下に入ったのを機に学業を諦め、二〇年からは鉄道員として働きはじめた。カメラを手にしたのもこの頃からで、ほどなくその写真への思い入れが強くなり、二四年にはとうとうプロになることを決意して、パリに移住した。

　フランスに到着したその年、首尾よくビヤンクールのルノー工場に職を得、一九二六年まで勤めた。鉄道から自動車へ、鋼鉄の威容を誇る大型工作機械とそれを操る技術者や労働者に寄せる眼差しは、ここで培われたといってもいい。ちなみに、ロベール・ドアノーが同じ工場の専属写真家として採用されるのは三四年。両者の出入りが数年ずれていたら、この時代の産業写真の動向が変わっていたかもしれない。ルノー工場を辞めた翌二七年、芸術作品の複写を専門とするアトリエに転じてさまざまな技術を学び、二八年から二九年にかけては、パリの著名な印刷工房ドラジェールで広告写真を多く撮影した。

　コラールの才能と知見が一挙に進化するのは、一九三〇年に建築写真を得意とするシュヴォジョン・スタジオで経験を積んだあとのことだ。この頃、やはりドアノーとつながりの深いアンドレ・ヴィニョーのアシスタントとして働き、写真雑誌「ＶＵ」の編集に協力するなど、徐々にその存在を知られるようになっていく。大きな契機となったのは、三一年、「オリゾン・ド・フランス」社の編集長ジャック＝アンリ・ラグランジュとの出会いだった。ラグランジュは、みずから企画したフランス産業を種別に紹介する文学的ルポルタージュ・シリーズ「ラ・フランス・トラヴァーユ」の写真を、ほぼ全面的にコラールに任せたのである。三一年から三四年までのあいだに取材を重ねて撮影した写真は一万点以上にのぼり、そのうち千百九十枚が採用されたという。掲載写真の八割以上がコラールの作品であり、私が彼の仕事に触れたのも、かつて三〇年代のルポルタージュ文学を愛読していた頃に入手した、このシリーズの端本を通じてのことだった。

展覧会場で人々を引きつけていたのも、機械と向き合う人間、自然にぶつけた人工物のダイナミックでしかも親密な気配が感じられるこの時期の作品群である。シャネルを中心とするファッション関係の仕事は、油と埃にまみれた産業写真の時代のあとにやってくるのだが、全体をひとつづきのものとして眺めてみると、新聞社の印刷所で小さな活字を拾っている植字工や輪転機の前に立つ人物が、まるでファッション写真のような構図に収まっていることに気づかされる。モノと人とを等しく愛でる眼をもって、コラールは人情とはべつの、写真としての情をくるくると観覧させようとしていたのである。

挨拶を禁じること

『芭蕉七部集』の精緻な評釈を試み、同時代の詩に厳しい目を光らせ、書画骨董をめぐって滋味深くときに偏屈にさえ見える雅文をつづってきた詩人が、なぜ異郷の、しかもまだ十八歳という若い女性が書いた小説を日本語に移そうとしたのか、古書市の棚でその訳書を実際に手にするまで、私はよく理解できずにいた。

なんのクレジットもないけれど、明らかにマリー・ローランサンの《シャネル嬢の肖像》をあしらった表紙にはただ原語のタイトルと作者名のみ記され、邦題は帯のほうに刷られている。作者と訳者の名は平体のかけられたゴシックで、惹句に埋もれるほどの大きさしかない。F・サガン『悲しみよ こんにちは』、安東次男訳。版元はダヴィッド社、初版発行日は一九五四年十二月十五日、原書が出た年である。日本におけるサガンの代名詞となっていく朝吹登水子訳の登場は翌年のことだから、安東の訳業はもう少し注目されてもいい。

サガンのデビュー作となるこの小品の印象深いタイトルは、ポール・エリュアールの「ほとんど変わらざるもの」から採られ、エピグラフにも引かれている。プーランクの「七つのシャンソン」でも知られている詩だが、安東次男はエリュアールの訳者でもあって、おなじ一九五四年七月に、『万人のための詩』の邦訳を青木書店から出している。愛する詩人の詩句を掲げた小説に引きつけられるのは、自然な流れだろう。

「悲しみよ　さようなら／悲しみよ　こんにちは／おまえは　天井の線のなかに／ぼくの愛する瞳のなかに　書きこまれる／おまえはまだ　根っからの　あばずれ女ではない／いちばん貧しい唇も／おまえを　ほほえみの　合図で迎える／悲しみよ　こんにちは、／愛すべき人々の　恋のひと／愛のちから、　愛嬌をふって／あらわれる　そのおまえは／ふわふわとした　お化けのようだ、／へしゃげた頭をして／かなしみよ、その　いい顔よ。」

物語の前段で安東次男が翻訳作業を通してなにを摑もうとしているのか、なんとなくわかったような気になって、私はこの一冊を買った。朝吹訳、また近年の河野万里子訳とくらべれば、安東訳はいくらか硬い。当時三十五歳だった詩人が半分ほどの年齢の女性の内側に入るのは、演技としても難しかっただろう。しかしこの作品が、十八歳の女性の心の動きを鮮度よく、かつ酸味を利かせて描き出した小説ではないとしたら話は変わってくる。サガンの描いている世界が、エリュアールを介しての、悲しみという女性名詞をめぐる知的な考察だったと解すれば、一九五四年における彼の日本語の運用にも十分納得がいくのではないか。

右の引用の、最初の「悲しみ」から最後の「かなしみ」への変化に、ひとつの鍵が見出せる。安東次男は第一詩集『六月のみどりの夜わ』のなかで、「すきなサンドラルス」の、「世界はかなしいのだもの／世界はかなしいのだもの／／というルフランを／くりかえしながらあるいてゆく」（「危険信号」）と詩っていた。他の作品には「悲」の文字が使われているにもかかわらず、ブレーズ・サンドラールの詩の呼吸を汲み取って、ここではひらがなを選択しているのだ。

安東訳のあとがきは、「世界はかなしいのだもの」の補遺と言っていいだろう。詩人は、「悲しみよ　こんにちは」とは、悲しみに対する声かけではなく、むしろ〈こんにちはという名を持った悲しみ〉を意味し、「〈さようならという名を持った悲しみ〉に対比される性質のもの」なのだと指摘する。ほとんど俳句の評釈と変わりないこの一節によって、日本初のサガンの翻訳の重要性が明らかになる。安東次男は、「悲しみ」を「かなしみ」に移し、具体的な愛の像をあえて虚空に結ばせ、安っぽい挨拶にするのを禁じることで、あの小さな散文世界を一篇の詩に変えたのである。

侯爵夫人の絶望に寄せて

いささか早口で平坦な調子だが、十分な張りと艶のある男性の声がラジオから流れてきた。どこかで聞いたことがある。記憶をたどってみたけれど、すぐに名前が出てこない。しばらく耳を傾けていると、べつの女性の声が、質問のあいまに対話者のフルネームを伝えてくれた。

声を間近で聞いたのは数年前の秋、フランス・ファッション業界、というより実業界の大御所としての華やかな足跡を振り返る一連の催しのために彼が来日した折のことである。プログラムのひとつに組まれていた大規模な講演会の司会進行を、職場の同僚とともに私が務めることになって、直接言葉を交わす機会を得たのだった。無理を承知でこの話を受けたのは、若き日の主役に才能を認められ、彼のポートレイトを専属的に撮影するようになった女性の写真家について、多少の関心があったからにすぎない。彼女の死に際して私が長い追悼文を書いていることは、先方のスタッフにも知られていた。そこで、あわよくば御大自身の口から思い出話を聞き出せたらと、淡い期待を抱いていたのである。

高齢の主役の負担を減らすために、私たちは鼎談形式を選択し、質問事項も事前に伝えておいた。しかし、それらはよい意味でなんの役にも立たなかった。当時八十八歳だった御大は、打ち合わせなどまったく考慮に入れない精力溢れる独り語りを展開して周囲を驚かせ、かつ魅了した。先のラジオから聞こえてきたのは、やや滑舌が悪くなっていたもののあの時とほとんど変わらない声で、九十三歳となったいまもなお毎日仕事場に通い、今夏も新作発表を行うという。

その舞台はパリではなく、南仏リュベロン地方のラコスト。人口四百人ほどのこの村を見下ろす高台の城館には、かつてサド侯爵が住んでいて、後の作品につながる妖しい戯れに興じていたのだが、侯爵の作品を深く愛する作家が日本からやってきた一九七〇年代には、半ば廃墟になっていた。世紀の変わり目にこの城館の所有者が亡くなると、由緒ある建物はいよいよ本格的に崩れ去る危機に見舞われた。小さな村にそれを防ぎ守る財力などあるはずもない。そんなときに登場したメセナこそ、我らが声の主だった。

彼は朽ちかけた地所を買い取り、城館と隣の石切場を改修して華やかな芸術祭を企画した。その後も新作発表や過去の仕事の展示空間に利用するため、近隣の古い建物を次々に買収し、いまや村全体を私有地にしそうなほどの勢いであるらしい。村の将来にとってそれが本当によいことなのかどうかわからないけれど、侯爵の希有な世界があいかわらず人をとまどわせていることは確かだろう。

数々の奇行によってバスティーユの牢獄に入れられた侯爵は、ラコストの城で過ごした日々を想いながらひたすら手紙と物語を書きつづけた。知られるとおり、三島由紀夫が創出したサド侯爵夫人は、自身を含め、牢獄の外側で彼を支えた親族や女性たちを、夫がことごとく作品の内側に閉じ込めてしまったことに絶望する。釈放された侯爵は、襟元の汚れたシャツに黒い羅紗の、しかも肱に継ぎのある上着をはおり、見る影もないほど肥った姿で帰ってくるのだが、応対した召使いが夫人に伝えると、彼女は「お帰ししておくれ」と言い放つ。侯爵にとって彼女たちが架空の世界に取り込まれているように、夫人にとっても夫はべつの世界の住人になっていたのだ。

今回の発表会は誰に向けてのものですかとの質問に、買いたい人のためのものだ、と老翁はあっさり応えていた。自信に満ちたその声を久し振りに耳にして、私はようやく理解したのである。あの日、広い壇上にいた者たちもまた、自身の手でデザインしたスーツを一分の隙もなく着こなしていた彼による周到なプレタポルテの、つまりあらかじめ用意されていた虚構にうごめく影となっていたということを。

時間割と縄跳び

二〇一六年一月、ミシェル・トゥルニエが亡くなったとき、追悼がわりに個人的な思い出を記したのだが、そのトゥルニエとおなじ名を持つ同世代の作家ミシェル・ビュトールが、八月二十四日、九十歳の誕生日を前にオート・サヴォワ県にある自宅近くの病院で死去した。若い時分に翻訳を通じてその世界に触れ、のちに原語を読む愉しみを与えてくれた大きな書き手が消えていくのはじつに淋しいことだ。そんなふうに書けば、多少とも文学的な香りが立ちそうなのだが、ビュトールの場合には残念ながらそれが生じてくれない。

大学進学のために上京し、小さな下宿に身を落ち着けた春のこと、入学式まではまだ十分な時間があったので、毎日のように大学近辺の古書店をまわり、安い文庫本を仕入れてひたすら読みあさっていた。だれにも邪魔されず本がいくらでも読める環境を得て軽い昂奮状態に陥っていたのだろう、階下の部屋で大家のおばあさんが飼っている愛らしい老猫たちの、残した餌や粗相のにおいが階段伝いにのぼってくるのには少しばかり閉口したけれど、朝から晩まで畳の上に寝転がって読書をしていても、疲れなどまったく感じなかった。

入学式が終わったあとも、私は動ずることなく古書店に通いつづけた。ある日、通りに面したいつもの均一函ではなく、店内の棚の比較的状態のよい文庫の背を眺めていたら、『時間割』というタイトルが目に入った。そういえば、初年度の科目登録をしなければならないなと思いながら手に取って頁を繰ってみると、あちこちからわざと言葉の見晴らしを悪くするような、不思議な濃霧がたちこめてくる。英国の架空都市ブレストンの商社に、一年間の研修にやってきたフランス人ジャック・ルヴェルが、陰鬱で謎めいた街を読み解きながら日記を付けていくというミステリ風味の小説らしい。

やや値は張ったものの大事に持ち帰って、猫たちのにおいに包まれながら、複雑な構造を持つこの活字の都市のなかをゆっくりと歩いた。時間軸も物語の展開も、あちこちに仕掛けられている空白によって朦朧とし、一読しただけでは容易に靄が晴れない。ルヴェルの日記はブレストン到着後半年ほど経ってから書きはじめられており、しかも内容は到着日からの日なみなので、語っている現在と記述の時間とにずれが生じる。旧い教会にあるカインをモチーフにしたステンドグラスが重要な鍵になっていることには察しがついても、全体はどこまでも茫漠として、都市そのものが蜃気楼のように感じられてくる。読み終えるのに、ずいぶん時間がかかった。

何日かして、散歩がてら大学の様子を見に行くと、門に沿って長蛇の列ができていた。先頭は平たい二階建ての建物につづいている。顔つきや雰囲気からして、新入生ばかりではないようだ。気になって最後尾にいた猫又顔の大男に訊ねてみると、科目の二次登録だという。そんな馬鹿な。手続きはまだ先ではなかったのか？　混乱する私に彼は言った。これは体育の科目だよ、抽選だから、先に登録することになってるんだ、俺は第一希望にはずれたから、また並んでる。

あわてて下宿に走り、書類を確認すると、果たして男の言う通りだった。体育は選択必修となっている。ビュトールに没頭していた数日のうちにその締切を過ごし、理想的な時間割を早くも組みそこねてしまったのだ。無慈悲な抽選の結果振り当てられたのは、あろうことか余り物の《縄跳び》だった。私はそれから半年以上のあいだ、本部キャンパスの狭い半地下の体育館で、ただ跳ぶだけではなく、重い縄をひねったり交叉させたり、アベルの運命よりも過酷な実技を強いられたのである。飛び散る汗でぼやけた眼鏡のむこうの採光窓は、ルヴェルが眺めたブレストンの教会の、罪深いステンドグラスそのものになっていた。

山羊の謡

明治四十年十二月六日、野上豊一郎は師の漱石に宛てて、地べたに座って花札に興じる労働者のような、あるいは深編み笠を脱いだ虚無僧のような男を色刷り木版にした絵はがきを送っている。牛込早稲田南町七番地、宛名は夏目先生となっていて、漱石という文字は書かれていない。男の頭上に黒インクで「二葉亭がロシア物を訳する時にはいつも此の先生の土語を借用してるやうに思ひます」と謎めいた文言が記されている。「此の先生」が誰なのかはべつとして、こんなふうに言われると、たしかに男の口から、「如何して此三昼夜ばッか活《いき》ちょったか？　何を食うちょったか？」といった台詞が出てきそうな気がする。二葉亭訳ガールシン、「四日間」に登場する看護長の、戦場で発見された兵に対する言葉なのだが、活ちょったか、食うちょったか、とつづく出自不明のリズムは、一度耳にしたらなかなか忘れられない。

野上豊一郎はこのとき二十四歳。五年前に大分から上京し、旧制一高を経て東京帝大英文科に入学、明治三十九年に同郷の小手川ヤヱと結婚した。野上姓となった妻は彌生子として小説を書きはじめるのだが、木曜会に出入りしていた夫を通じてその指導を漱石に仰いでいた。右の絵はがきで二葉亭云々とあるのは、じつは主文ではない。本来の通信欄にはこう記されていた。「拝

啓　小説が出来たそうですから見てやつて下さい　明日頃清書して郵便で送ります　早々　木曜夜」。

小説が書きあがりましたので見ていただけませんでしょうかという自分の話ではない。妻の作品の件なのだ。もっとも、漱石はすでにこの年の一月、彌生子の「明暗」と題された小説に長大な感想と助言の手紙を送り、それとはべつに短篇「縁」を「ホトトギス」に推薦しているので、教え子の妻でもある若い女性作家に目をかけていたのはまちがいなく、夫婦ともにそれを承知のうえでのお願いだったのだろう。このはがきのあと送られたのは「紫苑」と「柿羊羹」の二作で、夏目先生は早くもその三日後に彌生子に返信をしたためている。前者は「少々触れ損ひの気味にて出来栄あまりよろしからず」。後者の方は「面白く候」。ちょっとした注文はつけているけれど、それぞれ「新小説」と「ホトトギス」に発表されているから、先生の面倒見のよさがわかる。

明治四十年といえば、漱石が帝大の職を辞して朝日新聞に入社した年であり、十二月は『虞美人草』の連載を終えて翌年からの『坑夫』に備えていた時期にあたる。忙しくなかったとは言えないし、なにより自分の作品に集中すべきだとの認識もあっただろう。ところが弟子の方はまことに暢気なもので、書状ではなく絵はがきの隅にこんなだいそれた依頼を、なんだかついでのように書き付けている。いくら漱石が門下生たちと親密な付き合いをしていたとはいえ、はがきの絵柄と頼みごとの内容の落差にはいささか驚かざるを得ない。

野上彌生子は、奇しくも漱石最後の作品と同題となる自作に向けた全長五メートルに及ぶ長大な巻紙の手紙を、師の生誕百年を記念した昭和四十一年の講演の場に持参して聴衆に披露し、

「先生より三十も年うえになった今日なればこそ」の、印象深い思い出を語っている(『随筆一隅の記』)。漱石は俳句や書画においても秀でていたが、ひとつだけ駄目なものがあって、それが謡《うたい》だった。あるとき、彌生子が山房で唐紙越しに謡を耳にし、まるで「銀泥のようなものさびた美しい」調子にびっくりしていると、いったん声が途絶え、それから「「メェー」と山羊の鳴くような甘ったるい間のびした謡」が響いてきた。はじめの謡が稽古をつけにきた尾上始太郎《もとたろう》、そのあとが漱石の声だった。親しみやすいような、かわいいような、とごまかしてはいるものの、メェーと鳴くその謡こそ、二葉亭が翻訳の参考にした「此の先生」の音調だったのではないだろうか。

用語について煩悶すること

大学教師になって二十三年になる。秋学期からの着任だったおかげで、一九九三年のその夏は身にまとわりついた余白を振り落とすための貴重な調整期間となるはずだったのだが、七月のはじめに井伏鱒二が亡くなり、翌月の文芸誌でいっせいに追悼号が組まれたのを機に、それらとあわせて主要作品を順次読み返すという思いもよらぬ展開となった。教師生活何年と口にするたびに、心のなかでいつも井伏鱒二没後何年と言い換える癖がついてしまったのはそのためだ。

先日、必要があって、教職に就いた頃には生まれてもいなかった若者たちを相手に井伏鱒二の話をした。作品を読んだことがあると手を上げてくれたのはほんの数人で、作家が当時どのような位置を占めていたのかなど知るはずもない。そこで、手もとに残した追悼特集のなかでもっとも力のこもっていた「新潮」九月号の表紙と目次を見せ、名前の配列や文字の大きさの含意を汲み取ってもらった。

立派なグラビアまでついているこの号のなかで特に印象深かったのが、早稲田の学生時代から四十年近く井伏鱒二に師事した、弟子の三浦哲郎による追悼文だった。いつまでも元気でいてくれると信じて疑わなかった師の心身に八十代の終わりころから異変が生じ、脳の小さな不具合によってついにその書き言葉が失われるまでの胸をえぐるような逸話が、酷薄な真率さで描かれている。痛ましい最期を包み隠さず記した弟子の慟哭には、ほとんど宗教的な光が射していた。その光を味わったのち、今度はまったく対照的な肌合いの寄稿にも触れてもらった。「井伏さんのフィクション」と題された、小島信夫の文章である。

一文は、パーティの席でノンフィクション作家の宇佐美承に聞いた井伏鱒二の話からはじまる。その内容を再現しながら、小島信夫は全体を山鉤括弧に収めて、なんのコメントも挟まず読者に提示する。宇佐美承は井伏の親友だった青木南八の甥にあたり、その縁で家に招かれたとき、生きていたら叔父はどんな作家になっていたでしょうかと井伏に問うた。しばらく間を置いて返ってきた答えは、森林太郎。鷗外でも森鷗外でもなく、森林太郎とひねったところがいかにも井伏さんらしいという落ちなのだが、小島信夫は次々に繰り出される逸話から逆に井伏鱒二の虚構の世界を想起していく。そして、最後の段落で、悼むべき作家の分身たちを見えない暗箱のなかに放り込む。『ゴローニン航海記』の飜訳からは故人の小説の文体を、「『槌ツァ』と『九郎治ツァン』は喧嘩して私は用語について煩悶すること」からは、ゴーゴリの「喧嘩した話」を思い出す。チェホフの「谷間」や鷗外の諸作を連想させるものもある。結びはこうだ。「「へんろう宿」を最高傑作に押す人は何人もいるだろう。私もその一人でないことはない。あの佳品の秘密はどこにあるのだろうか」。

それまでの空気漏れのような語調から一転、確証なしの確信の勢いをもって作品の源に石を放る。井伏鱒二が宇佐美承に示した貫禄十分の韜晦を平気で踏みつぶしていくそのリズムは、三浦哲郎の祈りに似た言葉の群れが奏でる響きとあまりにもかけ離れており、微妙な悪意さえ漂っている。二十三年前の私は、そんなふうに感じていた。しかしいま読み返してみると、これは自分自身にまったくごまかしのないその真摯さの度合いにおいて、三浦哲郎にひけをとらない小島信夫ならではの追悼だったことがわかる。そもそも聞き書きのスタイルからして、亡くなった当人の十八番ではないか。小島信夫は混濁を混濁のまま飲み込む状態をむしろよしとし、光を井伏鱒二の「フィクション」に当てることで、たがいの抜け穴が通じている事実を明かしたのだ。少なくともふたりのあいだでは、用語について煩悶することはなかったにちがいない。

傷つきつつ読みとったもの

虚構の文章を綴っていくとき、いま生きている社会の状況との連関を意識しているかどうか。意識しているとしたら、それはどの程度の深さなのか。書き手に対する問いの定型として、これまで幾度となく投げかけられてきたものだが、私はその種の質問に対して、なにをどう書こうとしても、いま現在吸っている空気が言葉と言葉の隙間に入り込まないわけはないと答えてきた。隙間どころか言葉そのものに時代が染み込んで、いつのまにか質量が変わっている場合もめずらしくないのだ。しかし、そうした変化につながる「現在の微妙な不具合」を、言葉をひとつ置いた瞬間から意識していたことがないわけではない。書かれつつある言葉がどこに向かっているのかはわからないとしても、どのような海で溺れようとしているのかについてなら説明可能なのだ。

ある催しで先の質問を受けたとき、私は二〇〇二年の夏に異郷で書きはじめた『河岸忘日抄』という自作を例に挙げた。欧州の河岸に繫留された平底船で暮らしている男が主人公なのだが、これは前年のアメリカの同時多発テロ事件を機にひろがった言語の硝煙と、いずれやってくる砲撃の振動を予兆的に感じていたがゆえの措置でもあった。現実の戦争は限定的に起こる。しかし言葉とつよく結びついた心身に対する影響は、むしろ遠く離れた場所であらわれる。微小だが永続的な揺れのなかでその身を持すには、心身の奥深くで不安定な状態を受け入れながら、表からはそうと見えないよう内側で中和するしかない。

最初の言葉を記す前に、これから書き付ける言葉の群れがひとつの戦の在り方を示すものになるだろうとの予感があった。留学生時代に経験した湾岸戦争勃発前後の硝煙反応に似たものが、あちこちで認められたからである。あのときの記憶は、戦場への言及を通信衛星からとらえた写真に代弁させるかたちで小篇に落とし込み、のちに『おぱらばん』と題する作品集に収めた。不吉な予感や胸騒ぎとも異なる、いわば定型を超えた試みを要求する力に従う作業だった。悪の枢軸なる言い回しを含む虚構との戦いの余波を受けるには、表面上はそれを無化してしまう水の揺れが必要だと思ったのだ。

起きるかどうかわからなかった戦は、翌春、現実のものとなる。ただし、執筆開始の時点では、私は動かない船を揺らす力のなかに、凶兆を散らす可能性をも見ていた。「戦場」と「船上」を音のうえで重ねたのはそのためである。表面は穏やかな平底船に負の記憶の染み込んだ言葉を積み込み、竜骨のない船体を安定させること。それはほとんど、祈りのようなものであった。船を黄泉の国に送り出してはならないとひそかに決意した主人公は、積み荷のなかからこんな言葉を引き出している。

「夢の最後の突きたて。／／狭く垂直な／白日の峡谷を、／棹さしてのぼっていく／渡し船——／／この渡し船は傷つきつつ読みとったものを、／彼岸に渡す。」（パウル・ツェラン「眼覚めにいらだって」、飯吉光夫訳）

日常が戦場になり収容所にもなりかねない地点で、いかに踏みとどまるか。そうなる前にどこで肺をひろげ、どこで息継ぎをして熾火を灰にするかを見極めながら、不安と恐怖のなかで冷気を吸い込む。日本語を生き、「戦場」と「船上」を同一視する主人公にとって、「肺」と「灰」はその音において結ばれている。ツェランが吸いあげた言葉には、奪われた命を燃やす煙が染み込んでいる。書かれる言葉は、虚構と現実を往復する船だ。その船で運ばれていくのは「傷つきつつ読みとったもの」だ。できればそんなことを口にしなくても済むように、事後ではなく事前に夢を突きたてる「彼」の後ろ姿を、私は見つめていたのである。

近くでなければとらえられないもの

順路通り会場に入ってすぐ左手の壁の前に立ったとき、私の眼は大きく掲げられた石膏デッサンよりも先に、素朴な文字で記された署名のほうに引きつけられた。制作年は一九二九年と三〇年。縦書きと横書きの両方があり、後者は右から左に書かれているので、最後の一文字をつい頭にして読んでしまう。絵描きの名は、佐藤俊介。後年の松本竣介である。

彼が松本姓になったのは一九三六年、結婚を機に妻の籍に入ったからで、四〇年の日動画廊における初の個展も、その翌年、盛岡で開かれた舟越保武との二人展も、画家の名は松本「俊介」として記録されている。父親の勧めで「竣介」と名乗るようになったのは、四四年の秋頃のことらしい。つまり私たちが親しんでいる「松本竣介」としての創作活動は、四八年半ばに亡くなるまでのわずか四年ほどにすぎないのだ。これら三つの名の移り変わりは、どこか年齢と活躍に応じて幼名を捨てていく武士の生涯を連想させるところがある。

佐藤俊介は一九一二年四月、明治最後の年の生まれで、石膏デッサンは、盛岡から上京し、太平洋画会研究所に通っていた十代の頃のものである。展示されているのは「瀕死の奴隷」「カラカラ帝」「ディアーナ」など見慣れた題材といく種類かのトルソ。実作の経験がない者に、こうした石膏デッサンの出来映えを判断するのは難しい。現代でも美大を目指す若者たちの多くが日々この課題に向かっているのだが、積み上げられていくデッサンは次の段階に進むための修練であって、それじたいに得がたい魅力がある作品として評価されるわけではない。全体のバランス、マッスとしての奥行きと張り出し、影の濃淡。完璧なデッサンの描き手が、ひとりの画家として他者の心をつかむ作品を生み出しうる保証はどこにもないのだ。

幸か不幸か、私たちは後年の松本竣介の世界を照らす内なる輝きと、それを確実に包囲しつつ外へと解き放つ線の力を知っている。佐藤俊介青年の石膏デッサンを現在進行形で見据えるのは無理な話で、これらはみな、一九四〇年代の作品群から遡ってようやく解釈が可能になるような姿をしており、ここでは量塊よりも輪郭をつかむことが目論まれているといった肯定的な言い方には、後付けの評価がいくらか刷り込まれているだろう。しかし、ほんものの絵描きとは、すでに乗り越えてきた習作について、まことしやかな後付けの言葉を人に吐かせてしまう者のことを言うのではあるまいか。そして、しかるのちに、これまでとは異なる角度からの、編年の鑑賞を許してくれる創り手を指すのではないか。

神奈川県立近代美術館鎌倉別館での、「松本竣介　創造の原点」と題された企画展をひとまわりして、《運動場近く》と題されたデッサンの見え方が変わってきたのも、佐藤俊介青年の石膏デッサンをまとめて見たからだと思われる。一九四三年頃、「松本俊介」によって描かれたこの鉛筆画の中央にそびえる少しばかりいびつなフェンスの枠は、野球のバックネットだろう。敵性語を使うゲームはもう自由にできなくなりつつあった時代である。柵の向こう側では野球の試合どころか、一般的なスポーツを楽しむ人さえいなかったかもしれない。

にもかかわらず、運動場につづく水たまりのある道のわきでリアカーを止めてしゃがみこみ、前方を見ている画家の分身とおぼしき人物のまわりには、その耳に聞こえないはずの歓声が、幻の打球音が、これから描かれるべき色が、運動場のなかではなくその「近く」でなければとらえられないなにかが集まって来ているのだ。私はそれを、あらためて向き合った石膏デッサンの壁に見出した。佐藤俊介という文字を形づくる、その不思議な線のなかに。

三角定規の使い方

仕事机の引き出しが開かなくなった。原因は私自身にある。小さなものを捨てるのが惜しくてなんでもかんでもみさかいなく投げ入れる悪癖がどうしても直らないのだ。詰まる原因はたいてい封筒や葉書のような紙類で、開け閉めしているうちにそれらが少しずつ移動してくしゃりとつぶされ、盛り上がったぶんだけ許容された嵩をうわまわり、本来の機能を停止させてしまう。しかし動ずることはない。かねて用意の薄い下敷きや長めの線引き定規をわずかな隙間から滑り込ませ、ゆっくりと、慎重かつ大胆に、金庫破りの心持ちで処理にあたる。今回の元凶は、三角定規だった。二等辺三角形ではないほうの半透明のプラスチックが、座礁した船の舳先みたいに傾いて、つっかい棒になっていたらしい。定規で定規を取り除く滑稽さについては、何も言わないことにしよう。

出番はもうほとんどなくなっているけれど、異なる社名の三角定規がまだいくつも家のなかに眠っている。一般的な文具店や量販店の文具売り場には、二等辺三角形と直角三角形の定規に分度器、ときにはコンパスもいっしょになった安価な学童用セットがあって、ひとつなくなると一式まるごと買い直し、使いやすいものばかり手にするので、そうでない同士たちがいつしか淘汰されて当初の組み合わせが崩れ、さまざまな銘柄の定規が残るというわけだ。

見出された三角定規にはアルファベットの社名が記されていた。いつ買ったのかはもう記憶にない。私は真ん中に開いている穴に鉛筆を差して、考えごとをしながらしばらくのあいだくるくる回して遊んだ。子どもの頃は授業中によくこれをやって注意されたものだが、紙に当てたときそこから空気が抜けて密着度が増すという本来の機能を知っていたら、敬意を表して馬鹿な真似は慎んでいただろう。とはいえ、こんなことでは仕事にならない。私は静止した定規を書きかけの原稿のうえにぽいと投げた。その瞬間、つい数日前に会った人の顔がはっきりと目に浮かんだ。

軽い興奮状態に陥ったまま、上野の美術館の売店で買ったクラーナハ展の画集を開いた。木々の緑ではなく山中の湖水の一隅に沈む碧を背景にしたようなルターの肖像や、おなじくルターの、湖面に映じた空の気配としか言いようのない色と気圏の冷気をとどめる背景に立つ妻カタリナと対になった肖像は素通りして、一五三三年に描かれた神聖ローマ帝国皇帝カール五世の顔と向き合う。青朽葉を白葡萄酒で溶いた風合いの画面左向きに細いおとがいを突き出し、受け口をうっすらと開けているその顔には、どこか抜けたところとずる賢さとが共存している。

あご髭の分布と紙の質感がみごとに融合して肩掛けの毛皮とひとつづきの帯をつくり、その帯の圏外に黒い帽子がぽかりと浮いて威光を吸い取っているこの一枚の、画面右側、つまり左顎のラインに、私はそっと直角三角形の斜辺をあてがってみた。短辺を枠の右端に合わせると、顎の角度は底辺に対して三十度の線にぴたりと一致した。今度は定規を裏返して彼の右頬に斜辺を当てると、こちらも左枠に対してほぼ三十度のラインを描き出した。九十度が三等分されているのだから、顎じたいの角度も三十度になるはずだ。確信を得て、六十度の角が上に、九十度が右に、残る三十度の角が左下になるよう位置を定めてみると、皇帝のご尊顔は薄汚れた半透明のプラスチックのなかにすっぽりと収まった。

解説によれば、クラーナハは当時のザクセン選帝侯から皇帝の肖像画制作の依頼を受けながらも、モデルとは直接会うことができず、既存の肖像画を参考にして仕事に当たったのだという。ハプスブルク帝国全盛期に君臨した皇帝の顔に安っぽい三角定規を当てるなど、たとえ印刷であっても冒瀆というべきものだ。しかしその受け口は、下敷きを差し入れた引き出しの隙間の闇のように、彼自身の、そしてそれを眺めている私の愚かさをも飲み込んで、どこまでも泰然としていた。

分かちがたく結ばれた友

親しみの配合された言葉の使い方はとても難しい。たとえば「友人」と口にするとき、ほんの一瞬、ためらうことがある。そう呼ばせてもらった人物とこちらの関係が、はたして語義の許容範囲に入るのかどうか自信がなくなり、親しさの度合からしてほかにもっと適切な表現があるのではないか、相手に対して礼を失してはいないかと不安になるのだ。「友だち」ではややなれなれしい感じがするし、「知人」や「知り合い」では距離がありすぎる。まして「親友」と呼べるような間柄ではない。「むかしから知っている人」と開いた表現にしても、よけいなニュアンスが加わってしまう。いちばん簡潔で理想的なのは「友だち」という複数を本来の単数に戻した「友」だろうか。独特のぬくもりがあって、一文字ながら他のどれよりも深い気がする。

「分かちがたく結ばれた友である二羽の鳥が、同じ樹のうえにいる。一羽は樹の実を食べ、一羽は食べずにながめている」(シモーヌ・ヴェーユ『カイエ1』、山崎庸一郎・原田佳彦訳)

さまざまな想像が許される、ふくらみのある光景だ。こんな一節で用いるなら、友人でも親友でもなく、やはり訳者の選択のとおり「友」と記しておきたくなる。一方が怪我をしていて動けず、他方が取ってきてくれた樹の実をありがたくついばんでいると解することも、二羽は雌雄で、友よりも少し踏み込んだ関係だと考えることもできるだろう。食べるという行為は、よほどの極限状態でないかぎり、それをながめている人の心をも満たす。同じ樹のうえと同じ枝のうえとでは条件が変わってくるけれど、なんとなく隣り合って一本の枝にとまっているような印象を受ける。両者のあいだにはあたたかい空気の球があって、それは彼らだけのものではなく、近くで、もしくは遠くから見ている者にも影響を及ぼすのだ。ここには争いや諍いの気配がない。そして、この先もずっとないだろうと信じさせるなにかがある。

先の引用はヴェーユ自身の箴言ではなく、彼女が古代インドの『諸ウパニシャッド』から抜いて控えたものだが、鳥たちがどのような関係にあろうと、そこに揺るぎない相互信頼があることを外から見ている側が感じ取らなければ、分かちがたさは不十分なものになる。文字で描かれた場面を観察者が心をこめて引用することによって、友情の深さが逆に証明されるのだ。「分かちがたく結ばれた友」という表現は、当事者による自己申告のみでは確かなものにならない。どちらか一方が虚偽の申告をしている事例もないわけではないし、他方の真意を読み誤っている場合もありうる。そうなると、「一羽は食べずにながめている」の意味は反転し、樹の実の中身さえ疑いたくなってくるだろう。

しかし両者の結びつきが本物であるなら、それはふるまいの自然さとなって外部に伝わる。本物でなければ、友を自称する二者の思惑がにじみ出て他者に伝染し、人を平気で裏切り傷つけるような行動を蔓延させることになるだろう。そのような事例を、あるいはそのような文脈でしかとらえられない言葉を、この数カ月のあいだに映像や活字のなかで幾度も目撃し、そのたびに友という言葉の重みについて、周囲にいる者たちから信頼という言葉を奪っていく愚かなふるまいについて、深く考えざるをえなかった。偽装された「分かちがたく結ばれた友」の言動は、六年前にさんざん見せられたものと変わりない。同じ樹木のうえで腰を九十度折ったまま何十秒か静止する謝罪と、派手な笑顔を浮かべた握手や小さなボールを穴に転がす遊びのなかでのハイタッチは、陰と陽なのだ。

ふたたびめぐってきた春が、悪しき反復の亡霊によって壊されないよう、すぐ隣にいる人と自分の体温を吸った空気の球をずっと抱えていたい。その人が信頼という名の隙をいっぱいつくって、嬉しそうに樹の実を、つまりは言葉を食べている姿を、いつまでも眺めていたい。

輪ゴムの教え

薄い横縞の浮き出た鼠色の函の背文字を見た瞬間、まだ木造だった頃の古書店の棚が脳裡によみがえった。

あの頃、私は週に一度その店に通って、一冊の本を一章ずつ立ち読みさせてもらっていた。少し目を通した冒頭の落ち着きのある行文にすっと引き込まれ、これは家でゆっくり読みたいと思ったのだが、残念ながら容易に買えるような額ではなかったのである。とくに興味をそそる表題作は、七つの章に分かれていた。そこで、他の書棚の定点観測もかねて毎週おなじ日に通い、おなじ動作を繰り返したのである。函の短辺を両手で持ち、開口部を下にして小刻みに振る。少しだけ顔を覗かせた角背の葡萄酒色の本体をするりと抜いて、前週のつづきを読む。ところが、最終章を残してその本は姿を消した。売れたのである。こんなことなら二章ずつ読めばよかったと悔やむ一方で、どうせまた会えるだろうとたかをくくってもいた。再会まで三十年もかかるなんて想像もしていなかったのだ。

生き別れになったあの本が、いま目の前にある。初志を貫徹するなら、残された第七章を読んで立ち去ればよい。しかし付け値によっては購入を考えてもいいのではないか。私はかつての手順で慎重に中身を抜き出そうとした。しかし、びくともしない。函の内側と本体の表面が密着して空気すら入り込めない気配である。やや強めに振ってみる。それより強めに振ってみる。かなり強めに振ってみる。店主がこちらを見ていないのを確認して、客として許されるであろう最大限の強さで振ってみる。効果はなかった。これ以上は無理と観念して、店主のところに持っていった。

これは、おいくらでしょうか、函から出せないのですが。無言のまま受け取ると、彼はひと振りふた振りし、いきなりフルパワーに転じた。そして、わずかに滑り出た背表紙を、親指と中指の黒く丈夫そうな爪でペンチのように挟み、ぐいぐい引っ張り出すと、裏表紙を確かめて値段を告げた。むかしとほとんど変わらない。ということは、値下げに等しい。私は反射的に、いただきます、と口走っていた。

帰宅後、今度は遠慮なく力を入れて中身を振り出し、奥付を確かめた。『ぎたる弾くひと』という横書きの表題の下に、和紙に押された検印。全角数字の1971.11.30という発行年月日につづいて、著者伊藤信吉、装幀吉岡實、發行所麥書房とある。「全冊本文デカンコットン紙使用」限定三百五十部のうちの一冊で、「印度産総バクスキン装」のA版と「アートキャンバス装」のB版があり、私が手にしたのは後者の市販本のうちの第1番。「1」は赤の印で手押しされ、遊び紙には「若き日の歌を　伊藤信吉」と署名まで入っている。三十年前に手にしていたのもB版だったが、何番だったのかはもう記憶にない。幻の第七章を読む前に全体をぱらぱら繰ってみると、ある頁と頁のあいだになにかが挟まって、糊のように貼り付いていた。輪ゴムだった。

いったん溶けたあと固まったらしく、色移りもしている。無理に剝がせば文字が消えてしまうので、そのまま残すしかない。出し入れの余裕をなくさせていたのは、この輪ゴムひとつぶんの嵩だったのだ。

郷里前橋でマンドリンに夢中になっていた萩原朔太郎と音楽の関係をたどるこの美しい本のなかで、著者は「ぎたる弾く／ぎたる弾く／ひとりしおもへば／たそがれは音なくあゆみ」とうたった希有な詩人が、こと音楽になると「バカげた熱心さ」を発揮し、相手の事情も考えずに助言する「性来の間抜け」さを露わにしたと愛情を込めて語っているのだが、せっかくの市販本第1番に輪ゴムを挟んでその後開きもしなかった購入者と、中身の確認を申し出ることもせず嬉々として買い取ったこの私こそ、「性来の間抜け」と呼ばれるにふさわしいだろう。

二つの恋のメロディ

音楽とのかかわりについて語った本を出したからだろうか、このところよく、執筆中に何か聴かれますかといった質問を受けるのだが、現状を言えば、書いたり読んだりする前か、仕事に詰まったときの息抜きか、あるいはまた、書きあげ読み終えたあとの火照りを冷やすために聴くことはあっても、聴きながら書き、書きながら聴くことはほとんどない。

もっとも、ふたつの作業を同時におこなっていたことが、過去になかったわけではない。たとえば、学部の卒業論文を書いていたときの状況を、まだ鮮明に覚えている。主題に選んだ小説の主人公がピアニストだったこともあって、私は東欧の音楽家のピアノ・ソナタを流しながら原稿用紙の枡目を埋めていた。耳は音楽を、目は文字を追い、身体はそのふたつの領域に引き裂かれつつなんとか持ちこたえて、書くことと聴くことがひとつになるという、それはまことに希有な体験だった。

しかし、あとから振り返ると、実際にはそう思い込もうとしていたにすぎず、私がなしえたのは、たんに書くことだけだったのである。書くことに集中していたからこそ書けたのであり、流れてくる音を本当に音楽として認識していたかどうかは疑わしい。その証拠に、記憶のなかで曲は完全に断片化してしまい、全体の流れは頭に残っていないのだ。現在も状況は変わらない。仕事をしながら鳴らしている音楽は、集中力が高まるにつれて背後に消えていく。気がつくと完全な無音のなかにいて、読み終え、書き終えた瞬間に、また音が耳もとに近づいてくる。なんだかごたいそうな話になってしまうのだが、要するに私には二兎を追う能力がないのである。

そんなことは、とうにわかっていた。興味関心のある領域をひとつずつ渉猟するには、数人分の人生があっても足りない。これからは、最低でもふたつの行為を抱き合わせでこなす一石二鳥の日々を送ろう。音楽を聴きながら本を読もう。そう思って実践してみたものの、結局はどちらも中途半端なまま終わってしまった。音楽は先に進むしかなく、紙の上に刷られた言葉は好きなだけ後ろに戻ることが許される。そのはざまに陥って双方の本質を取り逃がす愚を避けるために、不十分な時間の流れを無理矢理ひとつの体験として受けとめようとしただけなのだ。

先日、荻昌弘の『ステレオ』（毎日新聞社、一九六八年）というオーディオの指南書を久し振りに読み返していたら、ほぼおなじことが書かれていた。卒論を書いていた時期に古書店で入手したものだが、前所有者があちこちに赤線を引いてくれたおかげでひどく安かったその本を、私は若葉の季節に喫茶店で読んだ。店内には映画『小さな恋のメロディ』のサウンドトラックが流れていた。淡い恋を描くビージーズの曲が、ひどく切なかった。その切なさのなかで、荻昌弘がLPの再生装置を買った話を読んだのである。一九五三年のことだったという。

「年代まで覚えているのは、その装置のうち、英国製のプレイヤーとスピーカーを買いに行った貿易商事会社に、若い女がいて、これが、のち、私の家内となったからで、いってみれば、私は、

LPの再生装置を買ったついでに結婚した、いや、同時に二つよい買物をした形なのだが――」

ああ、ここにこそ麗しい一石二鳥の実践があり、大人の恋のメロディがある。しかし私は本当の意味で読みも聴きもしていなかったのだ。ビージーズに耳を傾けるあまり、原稿に集中しているとき音は音として認識されず、音は聞こえるのではなく聴かなければ音にならないという著者の重要な発言を、すっかり忘れていたのだから。音楽を聴きながらの作業の限界は、もうその段階で露呈していたのである。

セメント樽の中の手紙

子どもの頃、田舎の映画館で「東映まんがまつり」なるものを何年か続けて観た。目玉になっていたのは、この催しのために製作された長篇アニメで、最初に観たのは一九六九年春公開の『長靴をはいた猫』だが、同年の夏に公開された『空飛ぶゆうれい船』をほぼ半世紀ぶりに観直す機会に恵まれて、あれこれ考えるところがあった。

六十分の枠に、現在でも通用する主題が詰め込まれている。二枚舌の武器商人と政府の癒着。広告による洗脳とメディア操作による抑圧。その武器商人を操る一段上部の悪の存在。原子力を軸にした科学技術の行く末と、生き別れになっていた父子の再会というおなじみの筋書きも用意されていたのだが、心に残ったのは、主人公の少年が武器商人の正体を知って街に繰り出し、「なぜおじさんたちは本当の悪者を知ろうとしないの?」と訊いてまわる場面と、彼とともに戦う少女が、ひとつ悪を倒したって「ほかにもたくさんいるでしょうしね」と漏らす、悟ったような言葉である。

人は目先の利益と生活に必要な現状維持を理由に、「本当の悪者を知ろうとしない」。しかし少女が言うように、あやしい動きをする者たちは後を絶たない。都市を破壊すれば建築資材が売れる。戦争を起こせば武器が売れる。悪循環を断ち切る判断力と勇気は、戦場ではなく日々の反復のなかで培っていくほかはないのだ。

二〇一七年四月、セメント産業で世界一のシェアを誇る企業L・H社のCEOが、辞任を発表した。フランスとスイスのセメント会社大手が合併したのは一五年。ところが、翌一六年六月、新会社の屋台骨を揺るがすような報道がなされた。L社は、〇七年、シリアのアレッポから百五十キロほど離れたところに位置するセメント工場を買収し、一〇年から操業を開始していたのだが、周知のとおりこの区域は同時期に内戦が激化している。「ル・モンド」によれば、L社は一帯が危険にさらされてからも生産をつづけ、工場を閉鎖したのはイスラム過激派組織が占拠した一四年九月のことだったという。その間、L社は作業員の移動と原料移送の安全確保のため組織側と協定を結び、検閲所の通過証とひきかえに資金を提供したばかりでなく、現地で精製された石油を商う売人たちに「税」を払っていた。パリの本社でもこの活動は把握していたはずなのだが、L社側は工場の所有を認めただけで、記事の内容については口を閉ざしていた。それがこの三月、内部調査の結果、「ル・モンド」の指摘どおりであったとL社は認めたのである。彼らの言葉を借りれば、過激派組織を「間接的に」援助していたのだった。

ところでL社の名で思い出されるのは、わが国のAセメントだ。私は個人的に、セメント工場の外観を悪く思っていない。一九五六年に造られた谷口吉郎設計による秩父セメント第二工場の遠景とモランディの静物画を重ねて論じたことさえある。だからこの業界の話題には耳を傾ける。A・Lセメント株式会社なる商号をはじめて聞いたのは、二〇〇四年のことだった。A社沿革に照らすと、L社のシリアでの活動期にあたる一二年には、L社が保有する自社株三九・四%のうち三四・四%を譲受したとあり、翌年にはふたたび商号がAセメント株式会社に戻されている。

L社と過激派組織の関係が日本で報じられた際、なぜL社とA社の関係について触れられなかったのか、私は「つまびらかにしない」。のちに「みぞうゆう」の活躍で「官邸の最高レベル」まで登りつめた人物が、一九七三年から七九年までのあいだこの会社の社長の地位にあったことを常識として知っているだけである。ここに「本当の悪者」との「間接的な」つながりがあったかどうかはべつとして、A社とL社がかつてその名を並べる関係にあったことくらいは言及しておくべきだったろう。少なくとも「ル・モンド」は、言葉の力によってセメント樽をひとつ壊してみせたのだから。

全集になかったもの

図書館で文学全集の棚の前に立ってみると、背表紙の傷みや補修の程度によって、どの作家がどれだけ読まれてきたのかをひと目で把握することができる。もちろん館によって書棚の景色は異なるし、書き手の文学的な魅力とはかならずしもかかわりのないことだが、あわせて露呈するのは、特定の作家の全集のなかでも、すべての巻がおなじくたびれ方をしているわけではないという事実である。汚れひとつなく、まったく触れられていないことが明白な巻と、完全に形が崩れた巻の差がかなり激しい。なにが必要とされなにが遠ざけられてきたのかも、可視化されてしまうのだ。

ところで、多くの場合、全集には月報や栞と呼ばれる別刷りの附録が添えられている。作家や研究者が短い文章を寄せ、読みものとしても充実しているのだが、あとからやってきた読者にとってはそれ以上に資料的価値が高い。ただ紛失しやすいのが難点で、古書店の目録などで「月報揃」という但書きを見るたび、ほっとすると同時にあまり開かれていなかったであろう来歴も想像されて、なんだかさみしい気分になる。しかし図書館所蔵の全集本では、それが表紙の内側などにしっかり糊付けされたりしているので失われる心配は少ない。

おなじく全集の資料でありながら、一般の読者にはあまり注目されていないものがある。配架の際に取り除かれる外函や表紙カバー、書評や時評の一節が抜かれた帯のことではない。書店のチラシの棚に置かれている内容見本だ。刊行時期、造本のデータ、編集上の特色と解説者のリストなどが簡潔にまとめられたパンフレットである。これには作家や批評家による比較的短い推薦文が掲載されており、書き手の人選ともども貴重な資料になりうるのだが、月報のように読書の対象とは見なしにくい。手に取るとしても、関心のある作家のものかその周辺に留まるだろう。私の場合も、自身が寄稿している場合を除いて、内容見本までチェックすることはまずない。そこに、盲点があった。

二年ほど前、ある場所で魯迅の話をしたとき、流れで弟の周作人の仕事にも触れた。ちょうど日本の文学者らから周作人に送られた書簡が大量に発見され、関係者の許可が得られればいずれ公開される予定だとの新聞報道がなされたばかりだったのだ。その多数の送り主のなかに島崎藤村が含まれているのを見て、ふと思い出したのである。周作人と藤村が会った折の話を、たしか武田泰淳がどこかに書いていたはずだ。泰淳が竹内好とやっていた中国文学研究会が周作人の来日を記念して歓迎会を企画し、特別ゲストに藤村と佐藤春夫を招いたときの逸話だった。無名の若者たちの求めに応じて現れた和服姿の藤村は、古武士のような風貌で、穏やかな印象深い挨拶をしたという。

泰淳は第二次大戦中、中国大陸で藤村の三男にあたる画家、島崎蓊助《おうすけ》と親しくしていた。問題の一文には、たしか蓊助から聞いた肉親ならではの藤村評も引かれていて、私はそれが全集の月報にあると思い込んでいたのだが、いくら探しても見つからない。いったいどこで読んだのか。答えは泰淳最後の単行本『文人相軽ンズ』（構想社、一九七六年）にあった。「静かな計画性」という その一文の初出は「昭和41年7月、筑摩書房『藤村全集』内容見本」。どうりで月報に見つからなかったわけである。

藤村は、周先生が「日本国内のやかましい雑音に耳かたむけられることなく」静かに過ごしてほしいと低い声で語ったという。これこそ現在の日本の文学者から聴きたかった言葉だと泰淳は感銘を受けた。しかし息子の証言は、この抑制の効いたイメージをみごとに覆した。蓊助はこう語ったのだ。「おやじは毛ぶかくて、丈夫だったから、性欲もつよかったらしいねえ。それを我まんしてブスッとしている感じ。あれが、藤村文学だなあ。いっしょに風呂に入ってても、肉体的に圧倒されたからなあ」と。

ゲームはすでに終わっている

二〇一七年度の全英オープンテニス大会は、ロジャー・フェデラーの五年ぶり、八度目の優勝で幕を閉じた。テレビ画面で観るかぎり、フェデラーはあいかわらずなにひとつ無駄のない舞踏で相手を翻弄していたけれど、組み立てのうまさとネット際の軽やかさは、むしろ全盛期を凌いでいるように思われた。

しかし、この大会でフェデラーのプレー以上に引きつけられたのは、混合ダブルスで優勝したジェイミー・マレーとマルチナ・ヒンギスの、奇妙な息の合い方だった。マレーはダブルスの専門家だし、ヒンギスは両刀使いで、ふたりともすでにべつのパートナーと混合ダブルスを制している実力者同士だから、いきなり組んでも高レベルのプレーができるであろうことは容易に想像がつくのだが、実際の試合を観てみると、なにかがしっくりこない。球技というより合戦を観ているような印象なのだ。男女の役割が入れ替わるばかりでなく、ひとつひとつのプレーが相手のリズムと合わない。流れているようでいて、つねに微妙な間が、まるで火縄銃の鉄砲隊が生むような時間差がある。不揃いな呼吸に油断していると、いきなりどおんと弾が発せられるのだ。ひどく雑で効率が悪そうなのに、なぜか得点に結びつくのである。

報道によると、大会直前にヒンギスの方からペアを組もうと言ってきたらしい。ジェイミーは弟のアンディよりずっと技巧的で、ある意味で相方のスタイルを問わない。ヒンギスは自分がなにをしても足りない部分を補ってくれる力の持ち主としてジェイミーを誘ったのだろうけれど、英国人選手と組めば会場での声援を集めやすいという計算も多少はあったのではないか。男女を問わず、初めてダブルスを組むときには、掛け合わせてなにが増し、なにが消えるかを事前に見きわめにくい。真の相性は現場でしか体感できないからだ。それに比べて、地の利から来る応援の有無は計算しやすい。その点でヒンギスは冴えていたと言える。

大会が終わった数日後、島崎藤村の『破戒』を読んでいた。偶然だが、第五章のちょうど「庭球《テニス》」の場面にさしかかるところである。天長節、つまり明治天皇の誕生日、瀬川丑松の勤務する学校でも式典があり、丑松は主座教員として「最敬礼」の声を掛ける役目を仰せつかっていた。「君が代」斉唱のなか、校長が御影を「奉開」し、「勅語」を朗読したのち、万歳を唱える。二十一世紀のいま、下手をすると復活しそうな光景だが、最高権力者への忠孝を誓う儀式の前に、丑松は敬愛する被差別部落出身の思想家、猪子蓮太郎の容態が思わしくないことを「ある東京の新聞」で知り、動揺していた。それを隠して職務を果たしていたのである。

式典後、同僚を送る茶話会があり、余興に運動場で庭球が始まる。校長は参加しようとしていた勝野文平を呼びとめ、言葉巧みに誘導して丑松のイメージを灰色に近づけて、なにか情報があったら知らせてくれと頼む。文平は正教員で、しかも権力者の甥なのだ。ペアを組んでおけば、あとで役に立つ。

運動場で教師や生徒が参加する庭球もダブルスである。校長との話のあと、文平はいつのまにか準教員になったばかりの男と組んで、丑松と同窓の、銀之助と生徒のペアに圧勝し、次の挑戦者を待っている。そのとき仙太という生徒が「打球板《ラッケット》」を摑み取ったのだが、だれひとり組もうとしない。新平民だったからだ。窮状を見かねて思わず飛び出したのが丑松だった。

敵味方の図式は鮮明だ。校長は言うまでもなく、ふだん丑松を慕っている生徒たちも、被差別部落出身の仙太に対しては権力の側につく。不寛容との闘いの行方は最初から見えている。試合終了の合図は「勝負有《ゲエム》」。審判を下すのは、勝った敵方と、それに便乗するまわりの者たちなのだ。もとより『破戒』は倒叙式ミステリの趣がある作品だが、ペアの組み方に差別の力学が働いているこの庭球の場面は、藤村がかなり早い段階で主人公に「勝負有」を告げ、それを乗り越えさせるために仕掛けた周到な作戦だったのである。

78651

ときどき乾燥野菜かジャガイモの入ったスープが出たりしましたね、アウシュヴィッツのスープにはせいぜいイラクサくらいしか入っていませんでしたけれど。

二〇一七年六月にシモーヌ・ヴェイユ——政治家のVeil。哲学者のヴェイユはWeil——が亡くなったとき、追悼代わりに読んだ彼女の回想録の縮約版のなかで、右の一節に出会った。

一九二七年、ニースに生まれたヴェイユ（旧姓ジャコブ）は、保健相時代の七四年に人工妊娠中絶を合法化し、七九年には女性初の欧州議会議長となったその業績以上に、アウシュヴィッツからの生還者として知られている。シモーヌには姉が二人、兄がひとりいて、四四年四月、まずは母親と長姉と三人で、ドランシーからアウシュヴィッツに送られた。次姉はシモーヌらがドランシーに運ばれる数カ月前からユダヤ人であることを隠してレジスタンス運動に加わっており、行動を共にしていなかった。父親と兄は、人手不足の建築現場で働くことを条件にフランスに残った。母親は、最後に移されたベルゲン＝ベルゼン収容所で、解放直前の四五年三月に発疹チフスで死去している。

アウシュヴィッツ＝ビルケナウには真夜中に到着したとシモーヌは書いている。サーチライトの光とＳＳの叫びと犬たちの吠える声に迎えられた三人は、最初の関門であるガス室行きの「選別」をそうと知らずに免れ、以後、母親の死まで一緒に過ごした。語られる逸話は不条理に満ちている。その場その場で気まぐれに発せられる命令が、運命を左右するのだ。煉瓦造りの倉庫のような建物には、窓がひとつしかなかった。数十メートル離れたところにある建物の煙突からは、ひどい臭いの煙が絶え間なく吐き出されていた。アウシュヴィッツの原風景である。収容された者たちはみな頭を丸刈りにされるのだが、なぜかシモーヌたちは強制されなかった。一説によると、赤十字の視察が入る噂があったからだという。しかし、もうひとつのしきたりである認識番号の刺青は逃れることができなかった。

　シモーヌは、一九九七年三月、アメリカのショア財団の求めに応じて、アウシュヴィッツ体験をめぐる長大な映像インタビューを受けている。そのなかで右の刺青に話が及んだとき、聞き手は番号を尋ねた。７８６５１。即答だった。電話番号は忘れても、これだけは忘れない。そんな台詞とともに映し出された彼女の左腕には、半世紀前に彫られた文字が確かに刻まれていた。名前を奪い、家畜さながら数字で個体を識別する非人称の囲い地で、ガス室に通じる鉄道の延長工事を課されていた彼女を救ったのは、元娼婦だという収容所の監督官だった。あんたはとてもきれいだ、ここで死なせるのは惜しい、べつのところに移してあげる。謎めいた好意の表明に驚きつつ、母と姉を置いてそんな真似はできないと答えると、信じられないことに、監督官は三人いっしょでよいと請け合った。ほどなく母娘は、シーメンス社が直轄しているボブレックという小規模な強制労働収容所に移送された。冒頭の台詞はそこでの食事について述べられたものだ。

かつて私は、イラクサの入ったスープの出てくる短篇を書いたことがある。フランス語でオルチというこの野草の音を、日本名の名字にあてがいもした。少しぴりっとして酸味のあるイラクサは欧州でよく使われる食材なのだが、負のイメージの極北とも言えるアウシュヴィッツのスープに入っていたとの証言を読んで、なんともいえない気持ちになった。

シモーヌは一九四五年四月、長姉とともに解放され、一カ月後、フランスに帰還した。次姉は四四年六月に逮捕され、ラーフェンスブリュック収容所に送られていたが、無事だった。他方、父と兄は、ドランシーで別れた翌月、杉原千畝で知られるカウナス行きの列車に乗せられたところで消息を絶った。どちらも銃殺された可能性が高いとされている。帰国してはじめて知らされた事実だった。

渇いた朝の把握

駒井哲郎の「装幀」について話をするために、埼玉県立近代美術館に出かけた。公の場でこの主題を扱うのは二度目である。美術館のガラスケースに展示される豪華限定本以外の、古書店で手に入るごく一般的な文芸書や雑誌での仕事に焦点を当てたゆるいお喋りに興じながら、その準備のために駒井哲郎装幀本の幾冊かを読み返し、べつの文脈から再読を促されていた作品とのつながりを確認できたことを、ありがたく感じていた。

限定版における詩人や作家との共同作業は、「版」としての活字と版画が拮抗できるよう細心の注意を払った、読書の対象というより美術鑑賞のための作品である。むろん駒井哲郎は、幻視の力を備えた読者として言葉を読み解いていただろう。おなじことが、より簡素で立体的な文芸書の装幀についても求められる。すべてにとは言わないまでも、与えられた作品のかなりの部分に目を通して、新作で飾るか既発表のものをあてがうか、慎重に判断していたはずである。

駒井哲郎の版画をまとった単行本として再読した何冊かのなかで作品の印象を一新したのは、一九七〇年、講談社から刊行された古山高麗雄の短篇集『プレオー8の夜明け』だった。第六十三回芥川賞を受賞した表題作のほか、「墓地で」「白い田圃」の二篇が収められている。プレオーとは刑務所や修道院の中庭を意味する仏語で、表題の「8」もそれにあわせて「ユイット」と読む。これは俘虜収容所に勤務していたかどで戦犯容疑者となり、サイゴン中央刑務所に入れられていた「私」の雑居房が、「中庭第八号」だったことに由来している。

私が『プレオー8の夜明け』を最初に読んだのは、講談社文庫版だった。初版は一九七四年、手もとに残っているのは八年後に出た四刷となっている。上京した年に新刊書店で購入したものだ。表紙に描かれている、仮面をつけた男とも道化師ともつかない虚無と陽気を抱き合わせたような像が、文体の複雑な軽みをよく伝えている。装画担当は市川泰、別名ヘンリー市川、つまり河野多恵子の夫であることなど当時は知るよしもなかったが、俘虜収容所と戦犯容疑の関係や、戦地での日常の姿を教えられたのは、まずこの薄い文庫本を通してのことだった。

ところが、それをあらためて駒井哲郎装幀による親本で読んでみると、サイゴン中央刑務所の中庭がまったく異なる光で照らし出されてきたのだ。時間的には逆行しているのに、この親本のほうがいつのまにか文庫版の進化形になっていた。四六判変型の函入り本で、帯は黄色、函にはビニールが巻かれている。一行三十五文字で十四行というゆったりした組みも心地よい。本体の表紙下部には、直線と同心円からなる、どこか恩地孝四郎を思わせる簡素な線画が金で箔押しされており、これが表題作の描写のあれこれとみごとに呼応していた。右上に見える太陽のような環は、一部が底辺からの垂直線で表現される板塀か柵らしきものに隠されている。真ん中に隙を多く残した斜線はおそらく夜明けの光でもあり、逃亡を誘う抜け穴でもあるのだろう。

本体とおなじモチーフがブルーブラックでなぞられている函の背には、目の詰まった細かな横線がぴっしりと引かれ、ルーバーのように風を通して言葉の湿気を排除している。サイゴンから遠く離れて抽象化された意匠は、古山高麗雄が戦後も抱えつづけた、大柄な慰安所の女性との情交を起点としたセミの追憶の暗部を浮き彫りにする。右左を単純に分かつ視点からは漏れ出てしまう人間の混沌のなかにまちがいなく自分もいて、そこから決して逃げることができないとの認識は、小説外の立ち位置の表明に危うい部分を残しもするのだが、駒井哲郎の渇いた朝の把握は、それが現代のこの国の闇を見つめ直す契機にもなることを、目に見え、手で触れられるひとつの批評として強く示してくれたのである。

ぶんらくぶんらく

地下鉄の駅を出て高架下の坂をのぼりきり、横断歩道の手前まで来たところで、ヨーロッパバイソンの群れに遭遇した。向かいの横丁から移動してきたらしい。とにかく大柄である。毛並みも肩幅も通常サイズをはるかに超えている。こちらが小粒なのを加味しても、周囲から完全に浮くほどの威圧感だ。そっと脇を抜けようとしたら、うち二頭につかまって、いきなり地図を突きつけられた。どべいるてあとろ。どべという音が、数日前に立ち寄った尾張と美濃のあいだの列車のなかで耳にした、最下位を意味する方言と重なる。たしかに背丈からすれば私はその男たちのなかでいちばん下だった。驚いたのは、彼らの背後にもっと大柄な連中がいて、顔のうえに顔がのっていたことだ。どべいるてあとろ。いるてあとろ。あらぺると。つづいて、ぶんらくと言う。脳内で文楽と変換されるのにそう時間はかからなかったが、彼らが指差している地図のどこにも劇場は記されていない。

私はそのあたりを横切って北側に抜けるつもりだったので、ならばそこまでいっしょに行きましょうとにわかガイドになって、視界は開けたもののあいかわらず左右を大男に挟まれた状態でふたたび坂道をのぼった。そしてほどなく、先の言葉の意味を理解した。広場に布張りの柵で囲まれた移動舞台があって、そこで実際に文楽が演じられていたのである。ぐらっつぃえ、ぐらっつぃえみっれ。抱きつかれはしなかったけれど、彼らがこの催しを楽しみにしてきたことはよくわかった。チケットを買っていないのが心配だったのだが、あとはもう大丈夫だというので、そこで別れた。

こんなふうに初動段階で大柄な人たちと接触した日は、ずっと人間の後頭部ばかり見あげる仕儀になる。過去三十年ほど繰り返されてきた、避けようとしても避けられない宿命のようなものだ。動物園に行く選択肢はたしかにあった。しかしそこにはもう、好きだったアメリカバイソンのグンマはいない。群馬県のサファリパークで生まれたからグンマ。東京都内のグンマの代わりにヨーロッパバイソンと交わることができたのだからよしとしよう。

園の前を過ぎてふと前方を見ると、背は低いけれどかなりの群衆がいて、その近くに人の頭部をあしらった大きな看板が立っていた。十二世紀に生まれた仏師の特別展が開かれているのだ。余裕をもって出てきたから、まだ時間はある。チケット売り場の列で十数分、入口の蛇行で十数分、あわせて三十分ほどかけて入館すると、照明を落とした暗い展示室には、予想どおり人の頭しかなかった。前後に小型バイソンのうねりがひろがっているだけでなく、音声解説の機械を手になにか測定でもしているかのようにその場を動かない人、少し離れたところからオペラグラスを覗きこんだまま微動だにしない人がいる。途方に暮れていると二人組の女性が寄って来て、私に向かってなのかどうなのか、特別に解説を施してくれた。あの人、頭のなかは空っぽで、目には水晶が使われてるのよ。あそこの鬼が踏み付けてるの、イタチかしら。ギリシアの彫刻みたいに裸の人は彫らないのよね、飾りはいっぱいつけるけど。

その飾りもイタチも、私には見えない。ガラスケースの中に何があるのか、列の外からはまったくわからなかった。ほんと、むかしの人は字が綺麗ねえ、どうして間違えずにこれだけ書けたのかしら。これはきっと国宝の願経のことだろう。墨も水も紙も筆も最高級のものが選ばれ、数行ごとに念が込められたロータス・スートラ。ロータスが労足すと聞こえる闇のなか、立像たちはみな、人々の頭越しに上半身だけを見せていた。そうか、これらの立像は、全体を正面から眺めてあがめるものではなく、群衆が群衆のなかで無名の存在となり、身体の上半分を見あげることを想定して彫られているのだ。全身像を観たいと思うことじたいがおかしいのだろう。そのときふと闇の視界が二つに割れて、数珠を手にしたまま高座にすわっているまことに姿のいい噺家の全体像があらわれた。数百年の時を経て演じられる艶やかな一席。よう、後家殺し。声を出しそうになるのを抑えて、私は静かに外に出た。

夏の家で

田村泰次郎の『人間の街パリ』を読んだのは、三十代半ばの頃だった。一九五七年に大日本雄弁会講談社から出た随想集である。当時私は、都内の某私大で現代フランス文学の演習を受け持っていて、週に一度の与太話をするために手持ちの小説を脈絡なく読み返していたのだが、あるときふと、五七年刊行の本が妙に多いことに気づいた。小説も批評も詩も、書棚から抜き出すとなぜか五七年に出たものなのだ。アラン・ロブ＝グリエの『嫉妬』、クロード・シモンの『風』、ミシェル・ビュトールの『心変わり』とくれば、当時流行の文学流派に絡めてなにかを語ることはできそうなのだが、表面上、あとはみごとに脈絡がない。

ロラン・バルト『現代社会の神話』、フランソワーズ・サガン『一年ののち』、ボワロー＝ナルスジャック『女魔術師』、サミュエル・ベケット『勝負の終わり』、レオ・マレ『ミラボー橋に消えた男』、ジョルジュ・バタイユ『エロティシズム』、ルイ＝フェルディナン・セリーヌ『城から城』、サン＝ジョン・ペルス『航海目標』、アルベール・カミュ『追放と王国』。こういう作品が出版されていた年の空気を多少なりとも留めている言葉を、論文ではない声で読みたい。そんな期待をもって開いてみた本のひとつが、『人間の街パリ』だった。

国際ペンクラブ大会への参加という名目で田村泰次郎が欧州に向かったのは、一九五六年七月。『肉体の門』の成功からほぼ十年が経っていた。各国を旅したのち、翌年三月までパリで過ごし、精力的に動いた。なにしろ彼は早稲田大学の仏文科を出ていて、卒論は「ポール・ヴァレリーの思考に於ける能力の規約について」なのである。藤田嗣治をはじめとする著名な画家たちと交わり、自身もモンパルナスの美術学校ラ・グランド・ショミエールに通って制作に励んだ。この時期に描きためた作品が『人間の街パリ』に何枚も挿入されている。はじめて頁を開いたときは佐野繁次郎のデッサンかと思ったのだが、表紙の油彩から口絵写真まですべて著者自身のものだった。モンマルトルに立つ写真はセルフタイマーで撮ったのか、同行の妻がシャッターを押したのか。どれも大切な思い出なのだろう。

この時期、フランスはアルジェリア戦争のただなかにあった。一九四〇年から敗戦の年まで、中国山西省で宣撫工作を担当し、帝国陸軍の悪行をつぶさに見てきた人の眼にこの街はどう映ったか。タイトルは意味深長だ。人間とは言えないものを嫌というほど目にして、しかも人間とは言えないものを表出させてしまうのもまた人間だと認識した作家は、その両面を日々あたりまえのように受け入れている社会に触れたことで、この言葉をようやく肯定的に捉えられるようになっていたのかもしれない。かつての「専門」であった文学方面の話題もちらほら出てくる。五七年刊の書物の周辺についてはかすりもしなかったけれど、ひとつ胸の痛む挿話があった。

夏、ということは五六年の夏のある日、田村泰次郎はマルローの翻訳者として知られる小松清に誘われて、パリ郊外ル・ヴェジネに住むアラン夫人を訪ねた。アランこと、エミール＝オーギュスト・シャルチエは五一年に亡くなり、彼女はつましい小さな家にひとりで住んでいた。ヴァレリーには親しんできたものの、アランはあまり読んでいなかった田村は、「男みたいな背広の上着を着た」夫人が語る言葉や書斎や居間の様子から、この哲学者が「近よりがたい、冷徹なひとではなくて、至極普通の市井人だったようだ」と感じ取る。品があるとはいえ白髪の目立つ小柄な夫人の生活は苦しかった。アランは生前、著作権をすべて版元に売り渡していたため、死後にいくら作品が出版され、また翻訳されても、「好意的な贈り物程度の金」が届くだけで、印税はいっさい入らなかったのだ。

この挿話に触れたあと、未読の著作をふくめて、いつかゆっくりアランの著書を通読しようと心に決めた。そして、田村泰次郎の本のこともアランのことも彼の夫人のことも、教場では話さなかった。

作品から思想へ

たとえ偶然の力が働いていたとしても、人が人と出会い、人を信じるためには、全身全霊で立ち向かわなければならないこと、そしてそのような能力があってなおかつ独りで考えつづけ、手を動かしつづける愚直さがなければ、括弧付きの「仕事」などできはしないこと。厳しい内容が指先でちぎった粘土の塊をぶつけたような言葉で記されているその文章には、哲学とも評論とも随想とも名指すことのできない、いびつな迫力があった。一語一語は形をなさない粘土そのものなのに、少しずつ輪郭と量感を得た作品に育っていくのだ。

言いたいことが言葉ひとつひとつのなかからではなく、できあがったマッス全体から滲み出る。そんな感覚を教えてくれたのが、高田博厚の『思い出と人々』だった。昭和三十四年に刊行された《みすず・ぶっくす》という新書判の小さな本だが、中身はずしりと重い。巻末の略歴には、一九〇〇年生まれ、二〇年に東京外国語学校イタリア語科中退とある。美術の専門教育を受けることなく絵と彫刻に専心し、三一年、妻子を残してフランスに渡ったまま、第二次世界大戦をはさんで五七年まで日本に帰らなかったこの彫刻家は、私にとってまずひとりの文筆家として意識されたのである。

黄色っぽい表紙には、木炭によるロマン・ロランの肖像画が掲げられている。ロランとの邂逅を準備したのは、先に留学していた親友の片山敏彦である。渡仏後まもなく片山の案内でロランをスイスに訪ねたとき、高田はまだほとんどフランス語を話せなかったにもかかわらず、深い信頼を勝ち得た。同年のうちに、ロランの誘いで、スイスに滞在中だったガンジーのクロッキーを描くという、信じがたいほど貴重な機会を与えられている。「ガンヂーとの一週間」と題された一文は集中の白眉である。このことは誰にも口外せず、きみひとりで来てほしい。そう言って、ロランは貧しかった高田に旅費を送り、宿を手配し、当座の生活費まで援助した。

ロランとともに高田を精神的に支え、もうひとりの師となったのは、哲学者のアランである。初対面の折、アランは高田に贈った本の献辞に、「作品《ウーヴル》から思想《イデエ》に。思想から作品にではない」と書いた。これは造形芸術のみならず、言葉を使う領域にも当てはまる至言だろう。出来合いの思想からはなにも生まれない。作っては壊し、壊しては作るうちにようやく形になった作品が思想に先立ち、「仕事」の土台になるのだ。アランの肖像を高田は一九三二年に制作している。ところが一年もすると不満を感じはじめた。ようやく第二の肖像に取りかかったのは七年ほどのちで、アランは「晩年のゲーテとルナンを合わせたような顔」になっていた。制作には、四年が費やされた。

残念ながらこの像は、ドイツ占領下のパリから同盟国の記者として高田がドイツに連れて行かれているあいだに、他の未完成作品とともに壊れてしまったという。敗戦後、故国ではなくフランスに戻ろうとした高田は、米軍管理下の収容所で一年半におよぶ厳しい生活を送った。その顚末は、『薔薇窓から』や『分水嶺』に詳しいのだが、こうした体験を経て、八十歳を超えた師と久しぶりに対面した高田は、その顔をとうとう彫刻にできるかもしれないと思う。アランの顔は「もうアラン一個の表情でも性格でもない。「人間の顔」とはいえないほど普遍なもの」を獲得していたからである。しかし実際には、高田のほうがそれを摑めるまでに成長していたと言った方が正しいだろう。

高田は準備を整えてから人に会おうとはしなかった。自分が得た思想に相手の思想が「照応」するまで、辛抱強く待った。アランの場合でさえそうだった。自著を贈られながら、あまり読んではいなかったという。未熟な私はそれをなかば疑っていた。読まずに理解したなんて、とても信じられなかったのだ。ところがその言葉は本当だった。先日、閉鎖が決まった彼のアトリエを訪ねて書棚に触れる機会に恵まれ、アランの本を何冊か抜き出してみたのだが、頁はほぼアンカットのままだった。重い思想を袋状に包んだ本たちが棚全体を巨大な彫刻に変え、その下の床がプレートを呑み込んだ海溝のように大きくたわんで、いまにも沈もうとしていた。

作品に見つめられること

仕事で知らない町に出かけて中途半端な時間ができると、役所を探してロビーで休む。長椅子があって、お手洗いがあって、音楽もかかっていない。人の出入りが多く、話し声も適度に響くので気が楽なのだ。もちろん駅からそう遠くないところにあった場合の選択なのだが、味も素っ気もない役所訪問には、じつは暇つぶしだけではないべつの目的がある。町の歴史をたどるコーナーをのぞくことだ。たいていは古い写真と年表で構成されていて、ガラスケースに入った史料の常設展示もあったりする。地元の特産物や工芸作家の作品ばかりが並んでいるわけではない。開発の途上で土の中から見出された品々も飾られている。土器やその破片を、じっと見つめる。人型の埴輪のようなものがあればなおよい。

だれも興味を示さないケースの前で乾燥した素焼きの肌合いをながめ、推定年代を印刷された厚紙でたしかめ、発見場所の地図を読んで、どうして等高線まで入っているのだろうと手間の掛けどころに感心しながら、なるほど、この町ではこんな時代からすでに人が暮らし、おそらくはその子孫がいまも住んでいるのだと思う。ただ、思うだけでそこから先に進まない。パネルの説明書きも、時々出くわすジオラマもどきも、当時の暮らしを描いてみせるおなじみの復元図も、土を捏ねて焼かれたものに比べると「想像」の可能性を減じているように感じられて、殺伐とした気分になる。にもかかわらず、私は「現在」の自分の位置を確認するためにこうした展示を見る。飾る側以上に、見る側が許容している感覚の質と感情の水位を見きわめるために、そのような場所に立つ。

では、専門家の手によってさまざまな発掘品が並べられ、懇切な説明書きの付いた博物館や資料館の陳列棚では同様の感覚を抱かないのかと問われれば、残念ながら否と答えざるをえない。ほぼ完全に近いものが置かれていて、研究によって時代もある程度確定され、用途も明らかにされているのに、生きるために用いられたそれらの内から迫ってくるものがなくて、自分の想像力の貧しさと立体を見ることの難しさにますます気落ちするのだ。見る力があれば、どんな場所のどんな物からでも、どんな味気なさからでも、逆説ではない豊かさを得られるはずではないか。欠けているのは、それらがかつて人の生き死にを左右する道具であって飾るために制作されたものではないという事実との、距離の取り方だろう。それらの内側に入り込み、ともに夢を見るような、共有した夢のなかでさらに目覚めるような位置がつかめないのだ。

発掘場所や学術上の型名に還元されそうな物たちに夢の糸口を与えるのは、先の復元図でもパンフレットに載せる図版としての写真でもなく、物との対話を前提として、そこに自分だけの光を当てていくような写真だ。知らない町の役所や博物館にあったのと似た土器や土偶でも、そうした写真のなかで出会うと、こんなに魅力的だったのかと驚く。レンズと眼球の比較ではなく、写真家の想像力と自分のそれとの差に愕然とするということだ。現物を置くのは絶対の条件である。しかし、粘土を捏ねた手の感触とぬくもり、使った人たちがあとから少しずつ込めていった想いまでを浮き彫りにする、技術ではなく想像力をもった写真家の作品を一枚添えたほうが、より本質に近づくこともあるだろう。

宇佐見英治に『縄文の幻想』（淡交社、一九七四年／平凡社ライブラリー、九八年）と題された思索の書があって、田枝幹宏による縄文時代の土器と土偶の写真が収められている。詩人はまず「写真に撮られた土偶ののっぴきならない眼ざし」に心を奪われ、彼らを見るのでなく、「見つめられ」たいと感じる。写真家が闇から引き出したてのひらの声に行動を促され、発掘場所の空気と、現物と、その写真から得た思念を、彼は詩的に焼成してみせた。この本の教えを、私はしかし、いつまで経っても生かせずにいる。知らない町の役所のロビーの陳列物を言葉で輝かせる日は、しばらくありそうにない。

うごうごする言葉

平日はほぼ毎朝、時計がわりに「ウゴウゴルーガ」という子ども番組をテレビで流していた。四半世紀前の話である。ウゴウゴくんの棒立ち感とルーガちゃんのせわしない才気を適度に分散させ、あいだに曖昧な寸劇を挟んでいく構成は、当時の私の微妙に萎えた気分と、一日の始まりの「うごうご」した、明確な行動を起こそうとしない負の意思に、とてもしっくりくるものだったのだ。

ところが、番組が終了してから、このタイトルが「うごうご」という副詞ではなくゴウゴウガール Go Go Girl をひっくり返したものだと教えられて、ひどく困惑した。学校へ行きたくなくてベッドや布団のなかでうごうごしている子どもたち、仕事に出かけるのが嫌でもぞもぞしている大人たちの味方だと信じていた言葉の裏に、まさか行け行けの声が入っていたとは。

うごうごには、春の虫のように少しずつ絶え間なく蠢くさまと、活気のないぐずぐずしたさまという、二つの意味がある。『日本国語大辞典』を引くと、前者の例のひとつとして、原田棟一郎『紐育』（政教社、一九一四年）の一節が紹介されている。「ムッと来る風に塵煙が自動車電車を掩ふ辺に、虫のやうな人が蠢々する」。漢字で記すと虫がそのまま目に飛び込んできて、ずいぶん生々しい。しかし「蠢々」と「うごうご」では、何かが決定的にちがっている。後者には、存在の輪郭をぼやかしながら、逆に量感を印象づける効果があるのだ。

こうした「うごうご」の例として真っ先に想い浮かぶのは、内田百閒が一九一七（大正六）年八月五日に残した日記、つまり「一昨年の夏か其前の年の夏かよく覚えないが、たしか木曜でない日の昼に先生の所へ行つた」と始まる『百鬼園日記帖』六番目の断章である。先生とはもちろん漱石のことで、木曜日が出入り自由の面会日だった。その日以外に顔を出せば、貴重な執筆時間を奪い、おそらくは隙のいっぱいある表情を浮かべた先生と相対することになっただろう。漱石が亡くなったのは前年暮れの、十二月九日。百閒は先生の死後、初の全集のための校閲に携わっていた。一字一句、丁寧に文章を辿りながら自身の小説を書こうとしていた独文学の徒はまだ二十八歳。「鬱悶ノタメ頻リニ過去ニ拘泥シ死ヲ恐レ沈屈ノ情発スル能ハズ」の深いデプレッションの内にいた。そういう状態で、彼は先生を見たときのことを回想している。

「書斎へ這入つて見たら、薄暗い陰の中に外の樹の葉の色が染んでゐる其部屋の中で、きびらのくちやくちやになつた著物を著て、汚い包みの動く様に先生がうごうごしてゐた」

漱石はここで一匹の虫になっている。きびらとは黄帷子のことだろう。黄色い皺の寄った布地が、春の虫ではなく夏の毛虫のようにうずくまってもごもご動いている。あんまり妙だったから声を掛けると、人に貰ったんだとの答えが返ってきた。「そこいらを何だか、片づけるんだか散らかすんだかして、うごうご動き廻つた。其時の黄色い先生を今でもはつきり思ひ出す」。百閒は、すでに死の気配を漂わせている先生の姿を垣間見てしまったのだ。真の「うごうご」は、そうした不気味な明視でしかとらえることができない。夢に似た記憶を黄疸のように表象させる百閒の言葉の微動にこそ、「うごうご」はふさわしい。

余白の按分

複製でしか観たことのない絵画の現物に触れたときの感情のゆらぎは、いつも複雑である。本物がそこにあることを知っていた場合とそうでない場合とでその質はちがってくるのだが、どちらにしても、私はいつも一抹の虚しさに襲われる。

展示室の壁の前を蟹のように移動しながら、ふと引きつけられるものを感じて、足を止める。目の前の作品としばらく向き合っても、足を止めさせた力の源が判然としないので、いったんその場を離れて別室に向かう。すると、わずかな時差で、そうか、あの絵だったかと、かつて印刷媒体で目にして心に留めた作品であることに気づくのだ。ところが、ふたたびその場に戻ってみると、あらためて絵と向き合おうという気持ちにではなく、どこで観たかを思い出したことに対する満足感に浸っている自分がいて、情けなくなってくる。

いつか本物を観たいと願い続けてきた一枚が展示されているのを知って出向いたときも、別種の虚しさにつきあたる。期待を裏切られるからというのではない。脳内に保存してあった絵の大きさや色合いとのずれを調整しようとするあまり、現物を観る喜びをないがしろにしてしまった愚かさに呆れるのである。こうした負の感情に翻弄されるのもまた、絵を観る楽しみにふくまれるのだと大らかに考えられるようになったのは、ようやく不惑を過ぎてからのことだ。

先日味わったのは、後者の虚しさのあとの喜びだった。ピカソが一九〇五年から〇六年のあいだに描いたとされる女性の肖像《フェルナンド・オリヴィエ》（ボストン美術館蔵）。一九〇〇年、十九歳のとき、彼女は夫のもとを去ってパリに上京し、生活のために画家たちのモデルをつとめるようになった。四年後、同い年のピカソがモンマルトルの「洗濯船《バトー・ラヴォワール》」でこのミューズに出会い、恋に落ちる。詩人のアポリネール、作家のポール・レオトーらとともに過ごした初期のピカソの、青からローズへ、そしてキュビスムへと変化を遂げる二十世紀初頭の試行錯誤を、フェルナンドは間近で観察していた。

ピカソは彼女の肖像を数多く描いた。私が最初に観たのは、一九〇九年に描かれているキュビスム風の、分割された顔のパーツが目を閉じている隙に少しずつ動いていくような頭像だった。そのあと、一九〇五年に制作された《黒いマンティーラを掛けたフェルナンド》（グッゲンハイム美術館蔵）と時代をさかのぼる形で出会って、なぜこれほどの変容をひとりの女性が引き受けられたのか、あるいは、なぜひとりの画家がおなじ泉から異なる水をくみ出し得たのかが気になって、画集や目録で見かけるたびに彼女の姿を追ってきた。

そのなかで、彼女のいちばんよいところを引き出しているように思われたのが、先の肖像画である。縦一〇〇×横八一センチのカンバスに油彩。淡いベージュがかったような白地に、赤褐色の絵の具で、ほとんどドローイングのように仕上げられている。画面の大半が余白だ。左前方からとらえられている彼女の細長い眼と力のある口もと、そして、そこだけ不釣り合いなほどボリュームのある髪。本物を前にして、私は首から下の透明に近い身体が、じつは褐色の髪よりもずっと強い力を持っていることに呆然としてしまった。頭部ではなく、きりっとした寂しさを際立たせるための、これしかない按分だったのだ。それが理解できていなかった無念を発見の喜びが上まわるほどの、得がたい体験だった。

あの日ブレストは

ジャック・プレヴェールが書いた詩にジョゼフ・コスマが曲をつけた「バルバラ」の舞台は、フランスのブルターニュ地方西端に位置するブレストである。十七世紀、リシュリューが建造に着手し、コルベール時代に整備が完了したこの軍港は、第二次世界大戦で壊滅的な被害を受けた。一九四〇年六月、ナチス・ドイツに占領されたブレストは、潜水艦Uボートの基地に転用されたため、四四年九月の解放までのあいだに、連合国軍側の攻撃対象として百六十五回もの空爆に晒されたという。とりわけ四四年のノルマンディー上陸作戦の折には、膨大な兵士を支える物資の荷揚げに必要な港を求めて激しい戦いが繰りひろげられた。「バルバラ」には、敵味方に関係なく、ひとつの都市をめぐる愚行の源に向けた、強い怒りの言葉が記されている。

この詩は、一九四六年、ポワン・デュ・ジュール社から刊行されたはじめての詩集『Paroles』に収められている。パロールは言葉の意。岩田宏という詩人の名も持つ小笠原豊樹の手で邦訳され、五六年に書肆ユリイカから出た『ジャック・プレヴェール詩集』で読むことができる。この版は幾度か形を変えながら定訳に育ってきたが、最新の岩波文庫版『プレヴェール詩集』においても、『Paroles』の全貌をうかがい知ることはできない。

初版は、刊行後ただちに成功を収めた。一九四九年にガリマール書店が版権を買い取って以後、フランスで最も売れた詩集だと言われている。簡素な文字のならび、複雑な意味の重層と過去の文学作品の援用、そしてなにより他言語への移行が容易ではない言葉遊びがある。プレヴェールは、ある意味で難解な詩人でもあった。しかし、九二年と九六年の二度にわけて、詳細な注釈を付した全二巻のプレイヤード叢書版全集が刊行されてから、詩人を取り巻く空気が変わった。フランス語を母国語としていない読者には、ことにありがたい事件だったと言ってもいい。

この全集に依拠しつつ、『Paroles』初の全訳を試みたのが、二〇一八年四月に亡くなった高畑勲だった。東大仏文科在学中、彼はプレヴェールの詩や脚本から大きな影響を受けている。邦題は複数形を生かした『ことばたち』。本編と解説の二分冊となる渾身の訳業だった。編集はスタジオジブリ出版部、二〇〇四年、発売元はぴあ。本文は横組で、行をまたいだ詩句がどこに掛かるのかを示す記号を添えるなど表記にも工夫を凝らし、先達の仕事に敬意を払いつつ、彼は韻律の問題を「犠牲にしてでも」、愛唱した詩集の世界像を伝えようとした。「思い出せ　バルバラ／あの日ブレストはひっきりなしの雨だった」とはじまる詩の一節を、以下、あえて縦書きで引用する。

「思い出せ　バルバラ／忘れるな／おだやかでしあわせなあの雨を․／しあわせなきみの顔に／しあわせなあの町に／海の上に／兵器廠の上に／ウエッサン行きの船の上に降っていたあの雨․／ああ　バルバラ／なんてくだらないんだ戦争は／きみはいまどうなった／鉄のあの雨／火の鋼鉄の　血のあの雨をくぐって․」

解放されたはずのブレストに、詩人は明るいヴィジョンを示さなかった。「そしてブレストには残っていない　何も。」ブレストに降る雨はおなじであって、もうおなじではない。高畑勲がプレヴェールの詩に託してなにを伝えようとしていたのかは、もはや明らかだろう。アニメーションの世界に入る前も入ってからも、彼は言葉の人だった。それを忘れてはならない。

原原種のゆくえ

かつて勤めていた山の上の大学には農学部があって、時々その圃場でできるお茶や作物が教職員向けに販売されていた。学内の書店や図書館には農業関係の研究書も揃っていたから、そうした方面の書物に触れる機会も多かった。いまも覚えているのは種子に関する資料で、私はそこではじめて固定種という単語を知った。ひろく流通している種ではなく、特定の地域に伝わってきた、その土地の気候風土に見合うものである。

種は植えられると芽を出し、成長し、花を咲かせ、実をつけ、最後にはみずからの子孫を残して命を終える。長い期間で考えれば、最初に植えられた種がもとのまま受け継がれていることはありえない。むしろ突然変異で姿を変えてしまったり、予想もしなかった環境の変化で絶えてしまった例の方が多いだろう。しかし生き残った種は少しずつ淘汰され、強くなっていく。人はその過程に少しだけ手を貸して、次世代の種を作るのだ。たとえば、祖先にあたる原種がわかっていて、それがまだ生きていたら、子孫として私たちを支えてくれている種と交配させ、もっと強いものを産み出せる。病気で特定の作物が全滅しても、多様な種が保管されていれば、その病に耐えうる品種を見出せるかもしれない。実際、そのような可能性を秘めた種は、万一の場合に備えて、個々の農家や各都道府県の農業試験場などで保存されてきた。

それを支えていたのが、一九五二年に施行された主要農作物種子法である。その第一条には「この法律は、主要農作物の優良な種子の生産及び普及を促進するため、種子の生産についてほ場審査その他の措置を行うことを目的とする」とある。ここでの主要農作物とは「稲、大麦、はだか麦、小麦及び大豆」を指し、都道府県ごとに、これらの種子の生産を管理する。つまり大もとの種を残す義務が明記されているのだ。法的な文書の特徴として、むやみに漢字が多い。そして読みにくい。けれど、豆を選別するようにじっくり文字を追っていくと、不思議なことに全体が一篇の詩のように見えてくる。さながら『古今和歌集』の「真名序」のように。

「都道府県は、主要農作物の原種ほ及び原原種ほの設置等により、指定種子生産ほ場において主要農作物の優良な種子の生産を行うために必要な主要農作物の原種及び当該原種の生産を行うために必要な主要農作物の原原種の確保が図られるよう主要農作物の原種及び原原種の生産を行わなければならない」

この主要農作物種子法が、二〇一八年四月に廃止された。種子法が不要なら「原原種」の確保も不要になり、審査機関もいずれなくなることが考えられる。種子の管理が民間に移されれば、海外資本が入り込んでくるだろう。新種の開発者には知的所有権が認められているから、たとえば遺伝子組み換えの種が広まったとしても、開発者の許可なく生産者はその種を所有したり改良したりすることができないので、ただおなじ種を買い続け、契約農家として生産するしかなくなる。さらに、植物の新品種の保護に関する国際法（UPOV）にのっとれば、固定種との交配も許されない。新しい種子産業は、農薬や化学肥料とセットになって、いずれ少数派の固定種を滅ぼすことになるかもしれないのだ（『種子法廃止でどうなる？　種子と品種の歴史と未来』、農文協編、二〇一七年）。

種子法の廃止に際して、私はかつて携わっていた一般教養としての語学の「種」の現状を思う。おなじ種から土地に根ざして育ってきた学風や校風、教師の個性と学生の受容が作り出してきた固有の種が、大袈裟に言えばいつのまにか遺伝子組み換え的な力で消されてしまい、原点に立ち戻ろうとしても、原種も原原種も見当たらない状況になりつつある。

先々までその形質が受け継がれる環境を整え、種を残しうる種を救わなければならない。食物の種のみならず、言葉の種も。

アンスニの三姉妹

　モノクロに衒いなく着色したような後付けの原色感と、調和のとれた枯れ方の、穏やかな湖の岸を思わせる大河の背景。水がすぐそこに迫っている石畳の舗道を、背丈も年齢もちがう男女が歩いている。画面向かって左に位置するのは、小さなつばのあるやわらかそうな黒の帽子に黒のコートを着込んでいる銀縁眼鏡の女性だ。コートの下からすっと前に出ている足の細さ、そしてかかとの低い黒の靴が、ややずんぐりした上半身と対照的である。右手に柄の長い傘を持っているのだが、杖のかわりにはしない。左手はコートのポケットの中だ。視線は下に向けられ、なにか言葉を探しているような表情でもある。全体に控えめで、しかも意志の強さを感じさせる。

　彼女から見て左側を、灰色の薄いコートに同系色のズボンを履いた、栗色まじりの金髪の青年が歩いている。目線をカメラのほうに向けて軽い笑みを浮かべた彼の名は、パスカル・キニャール。女性は彼の大叔母マルト。ロワール河沿いの小都市アンスニで、一九六八年、彼が二十歳のときに撮影されたものだ。二〇一三年、アルレア社から刊行された講演録、『ソルフェージュとピアノのレッスン』の表紙に使われている。以前、自伝的なインタビュー集のなかのモノクロ図版として見たことがあったのだが、まさか鮮明なカラーでよみがえってくるとは想像もしていなかった。ふたりはいずれもアンスニの教会のオルガン奏者である。キニャール青年は夏の休暇と復活祭のときに、累代のオルガン奏者のひとりとしてミサのために演奏をつづけていた。

アンスニに住んでいる大叔母たち、つまりジュリエット、マルグリット、マルトのキニャール三姉妹の家は音楽教室みたいな空間で、各階にピアノが一台ずつあり、それぞれヴァイオリン、ヴィオラ、チェロ、オルガン、ピアノをよくして、すぐに三重奏、四重奏ができた。河岸を歩きながらポケットに手を入れているのはただ寒かったからだけではなく、楽器を弾く大切な手を守るためでもあったのだろう。ジュリエットを中心に、彼女たちは音楽を教えることで暮らしを成り立たせていたが、収入は乏しかった。部屋は寒く、冬場は持ち運びのできる薪ストーブや重油ストーブで暖を取りながら演奏していたという。粗食で、バターも塩も胡椒もワインも少々、ソースはパンで拭って食べた。コーヒーのおともはナントの著名なビスケットLUが一枚だけ。それでも心の内は豊かだった。

この三姉妹の住む家に、一九一九年から翌年にかけての二年間、毎週木曜日の午後になると、ロワール河上流のサン・フロラン・ル・ヴィエイユからルイ・ポワリエという名の九歳の少年が二輪馬車で通ってきて、ジュリエットにソルフェージュとピアノを習っていた。ジュリエットは口数が少なく、ワグナーよりもバッハを好み、読譜と演奏を分ける古典的な教育を丁寧にほどこした。少年はのち、ジュリアン・グラックという筆名で小説を書きはじめる。七四年、グラックは文学的断章を集めた『花文字』の第二巻のなかで、イニシャルをRに、三人を二人に変えたうえで当時の思い出を語り、部屋がいかに暗くいかに寒かったか、彼女たちがいかに陰気だったかを、美しい文体で記した。

それはグラックの自身のなにかしら黒く陰った情念が込められているような一節で、初読のときからつよく印象に残っていたのだが、先の講演録のおかげで私は初めて両者の関係を知り、人のつながりの不思議さを思った。キニャールが作家となり、八七年に『音楽のレッスン』を刊行したとき、それを読んだグラックから、あのキニャール三姉妹との関係を問う手紙を受け取った。まちがいないと答えたところ、グラックから呼び出しがかかって、パリの軍人会で待ち合わせた。その折の気まずい昼食の空気をさらりと再現する語りに、私はジュリエットの妹マルトと並んでロワール河の堤防を歩く二十歳の青年の、矜恃と良心を見る思いがした。

半世紀ぶりの舟歌

二〇一八年七月五日、クロード・ランズマンが九十二歳で亡くなった。一九八五年、第二次大戦中の、ナチス・ドイツによる絶滅収容所からの生還者や関係者にインタビューを重ねた『ショア』によって、彼はホロコーストに対する知を一新した。三百五十時間におよぶ長大な撮影と五年にわたる編集作業を経たこの映画は公開前から大きな話題を呼び、日本ではその二年後に、ドイツでテレビ放映された際の録画を使った上映会が開かれたものの、正式に公開されたのは、アウシュヴィッツ絶滅収容所解放から半世紀を経た九五年のことだった。

しかし、私はこの貴重な機会を逸している。学生時代に新聞記事で内容を知り、フランスでの公開年に刊行されたテキスト版を読んでいたにもかかわらず、肝心の映像の方には断片的にしか触れることができなかった。安価な英語版のDVDを手に入れてからも、通しで観るのは容易ではなかった。なにしろ全篇で九時間以上あるのだ。内容からしても、よほどの覚悟なしに向き合うことはできない。

ランズマンは、十九世紀末、東欧からフランスに移民としてやってきたユダヤ人の家に生まれている。第二次大戦中はクレルモン・フェランで抗独運動に参加し、戦後は哲学を学んでドイツに留学、四八年から一年間ベルリンで教職についたのち、五〇年に帰国すると、五二年にボーヴォワールとサルトルの知遇を得て「レ・タン・モデルヌ」の編集に参加した。以後、反植民地主義のジャーナリストとして活躍しつつ、七〇年代から映画を撮り始める。『ショア』は、彼の第二作にあたる。

語る言葉が見つからない出来事を、ランズマンは辛抱づよく語らせる。語りたくないはずの記憶を、語りたくないという思いを表出させたまま語らせようとする。そういう男を、この映画に協力した者たちは拒まなかった。家族にさえ打ち明けられなかった秘密を、カメラの前で話し出すのだ。ランズマンはどれほど深い信頼を勝ち得ていたのだろう。これだけの人からこれだけの言葉を引き出し、過去を生き直しつつ現在の自分をまっすぐに見つめるよう促す創り手の人間としての力に、作品を云々する前段で私は圧倒されていた。

冒頭に登場する証言者は、ナチス・ドイツによる最初の絶滅収容所ヘウムノの生存者である。一九四一年十二月から翌々年春まで利用され、いったん閉じられたあと、四四年六月から翌年一月まで再稼働させられたこの収容所にガス室はなかった。代わりに使われたのはトラックである。荷台に人を詰め込み、排気ガスを送り込むのだ。息のある者は別の方法で始末され、焼却炉に投げ入れられた。二期あわせて約十五万人。生き残ったのはわずか数人だったという。

映画の幕開け、緑豊かな田園風景のなかを流れる川の水面を、平底の小さな舟が二人の男を乗せて滑っていく。舵取りではない方が、当時十三歳半だったヘウムノ第二期の生存者である。彼が労働に供される収容者だったこと、足枷をはめられながらも機敏に動けたこと、ほれぼれするような美声の持ち主だったため処分に猶予が与えられていたこと、収容所解放直前に銃殺されていたはずなのに、弾が急所をはずれて奇跡的に助かったことを、私は事前に知っていた。恐ろしい真実は字幕でも語られていた。にもかかわらず、最初の川の場面から焼き場の跡地を訪ねるまでの情景を観て、私は美しいと感じたのである。そして、そう感じてしまった自分に驚き、うろたえた。

歴史上、最も忌まわしい、想像を絶する悪の現場が、なぜこんなにも静謐で詩的な空気を湛えているのか。日々、大量に人を殺している者たちが、なぜ少年の歌を愛でることができるのか。答えはない。理解すらできない。だからこそ、彼らの証言に耳を傾けなければならないのだ。ランズマンの教えはそこにある。

背文字のない本

急ぎで必要なときにかぎって本が見つからない。床に積んであるのはもちろん、書棚は前後に詰め込んであるため前列の本しか背表紙が読めず、結局は死蔵しているのとおなじになってしまう。書棚は背表紙が見えなければ実用に耐えない。もっとも表紙カバーが取れて本体だけになっている書物の背文字が薄くて読めなかったり、外函に入っていてそこになにも記されていなかったりしたら、書棚の前列にあってもあまり役に立たないのだ。

ただ、古書店の棚の前で長い時間をかけて吟味した本なら、事情がちがってくる。背文字が書かれていなくても、函の形状で中身が思い出せる。眼の前に刺さっていれば背文字なしの状態がかえって存在を際立たせるし、混沌のなかから発掘する際にも、文字なしの無地の背に的を絞ることができるので、かえって見つけやすい。

先日も、背文字のない一冊を見つけ出した。内田百閒の『日沒閉門』。やや厚手のザラ紙が長辺方向に巻かれ、背の部分が飴色に変色している。古書の目録ではよく筒紙と記されているもので、爪のついていない箱が持ち運びの最中に開いたりしないようにした、一種の包装紙である。くるんであるだけだから天地からは箱がのぞいていて、裏に当たる部分が糊付けされているので、上下どちらかに滑らせて抜き取るか破るかしないと中身に近づけない。ところがこの筒紙の表には、書名、作者名、版元、定価、さらには内容紹介の文まで刷り込まれて造本の一部になっているため、粗雑に扱うことができない。つまり、そっと、丁寧に中身を抜くしかないのである。

筒紙の下の箱の表には、作者名、書名、版元が刷られた、縦書き三行の題簽が貼られている。筒紙と箱の表というふたつの「扉」によって、背表紙も背文字もない長方体が書物として存在しえているのだ。蓋を開けると本体の表が見える。上が白、下が濃紺の、簡易クロスのツートンカラーで、中央に幅五ミリほどの糊代がもうけられており、白が上になるよう貼り合わされている。その線状のふくらみがやや気になるとはいえ、タイトルは金の箔押しで白の部分に打たれ、著者名は背にまわされるという、筒紙や箱が持っている和のイメージを崩さない粋な装丁に仕上がっている。題字は久野純、校訂は平山三郎。昭和四十六年、新潮社刊。発行日は四月十五日で、百閒はその五日後に亡くなっている。筒紙の惹句には「幽玄な日本的情趣と、諧謔味喫すべき百閒文学を堪能する新作随筆集」と銘打たれているけれど、これは文字通りの遺著となった。宣伝文の修正は間に合わなかったのだろう。

私は『日沒閉門』を一九八〇年代に出た旺文社文庫版で読んだ世代である。この内田百閒シリーズは、著者の遺志により仮名遣いは原文のまま、正字は新字と略字に改める方針に基づいて校訂されていたから、そこですでに旧仮名の品格は身に染みていたけれど、「沒」の一字に明らかな正字と旧仮名との調和のうつくしさは、七一年の時点でなお固持されたこの本の用字によって、ようやく確認できた。

「近頃はいい工合に玄關へ人が來なくなつて難有い」

来客をうるさがりつつ、うるさがることを楽しんでもいる偏屈な老人は、当初、蜀山人の歌をもじって、「世の中に人の來るこそうれしけれ／とは云ふもののお前ではなし」という葉書大の紙片を玄関わきの柱に貼っておいた。しかしそれがたびたび盗まれる。つぎに掲げたのが「面會謝絕」で、最終的には「春夏秋冬日沒閉門」となった。この札の引き起こす災難がユーモラスに描かれているのだが、死を目前にした最後の書物のタイトルに「日沒閉門」なる予言的な言葉を付したところに百閒の凄みがある。その凄みは、開巻に手間取るような本の造りからおのずと伝わってくるのだ。

憎しみの基準

秋が近づいて少し棘のあるやさしさが恋しくなると、エルヴェ・ギベールが一九八五年から八六年にかけて「ロートル・ジュルナル」誌に発表した一連のインタビューをぱらぱら読み返す。数年後に彼の命を奪うきっかけとなった病の陽性反応が出る少し前のことで、ルポルタージュ、エッセイ、インタビューを隔週の頁で与えられるこの媒体での仕事には、冷暗所に保存された友愛とでも言うべき特色があって、それが夏の余熱から逃れられない身体を冷やしてくれるのだ。

取りあげられている人々には男女を問わず彼の性向と趣味が正しく反映され、著名な作家、映画監督、女優の顔がならぶ。しかしギベールの屈折した友愛は、「例外的な子どもたち」と題された、無名の、いっぷう変わった十代の少年等の言葉を引き出すインタビューであらわになる。うちひとりは、「ピアノとコンピュータ」という回に登場する十二歳のエマニュエル。父親は大工、母親は失業中で、この日、少年は雑誌記者を静かな環境で迎え入れるために両親を映画館へと追いやり、きれいに部屋を片付けて待っていた。

通常、ポートレイトの撮影もギベールが担当しているのだが、エマニュエルに関しては取材対象のひとりでもあったベルナール・フォコンのクレジットがある。小ぎれいな絨毯敷きの空間には、パソコンが載っているらしいデスクにあわせた椅子と長距離を走る自転車、そしてピアノの一部が写っている。梯子でのぼる中二階がベッドがわりだ。少年はふだんかけているレンズの厚い丸眼鏡をはずしてポーズを決めている。

きみはピアノに親しんできたわけだけど、この楽器を一度も見たことのない人に会ったらどう説明する、とギベールは尋ねる。いつから習っているのか、どんな曲を弾くのかといった質問からはじめたりはしない。導入部としてはいささか意地悪だろうか。しかし少年はそれをあたりまえのように受け入れる。

「外見的には、木の箱。中に弦がたくさん張ってあって、それをハンマーで叩く。鍵盤に触れるとハンマーが動くんだ。つまりピアノっていうのは、音を出せる家具ってとこかな」

一九八六年四月の段階でパソコンのプログラムを書いている少年の、頭の回転は速い。言葉を重ねる順序がとても正確だ。パソコンのキーボードはピアノの鍵盤に似ていて、どちらも「快楽」をもたらす。音楽や芸術の価値は、スポーツのように数字や結果では測れない、あるのはただ「それぞれの違い」だけ。「違い」とは、哲学方面では「差異」と訳しうる単語だ。簡潔で深みのある答えを、ギベールは引き出していく。自転車でもピアノでも、続けることがむずかしい。ピアニストとして生涯を全うした人を少年は尊敬する。じゃあ、誰か人を、モノを憎んだことってある?

「憎む? だって憎しみの基準がわからないよ」

秋の私が欲しているのは、憎しみを推し量る基準だ。問いの短さ、リズムが、音楽好きの少年に《mesure》という、拍とも訳せる言葉を瞬時に選ばせる。感情にも拍や節がある。それが文字になって浮かびあがる。とくに気になる年齢ってあるかい、とギベールが問う。うん、早く大きくなりたい。十六とか、十七とか。

好き放題にできるからというのではない。悪さをしたいわけではないのだ。十六歳になったら友だちと海に行きたいと少年は言う。べとつかないやさしさ、かすかな毒のある笑みをふくんだ距離の詰め方が、それに続くやりとりにあらわれる。その友だちって、もう知ってる子？　誰だっていいの？

「さあ、いい友だちってことかな。いまの友だちだったらいいなと思ってるけど、十六になったらあまり会わなくなるかもしれないし、もっと仲良くなってるかもしれない」

記事は少年の答えで不意に締めくくられる。《copain》というごくふつうの単語が、読者のなかで徐々に重みを増してくる。十六になったとき、少年は憎しみに出会うだろうか。人を憎むことの意味を知るだろうか。憎む憎まないの線引きは、愛する愛さないの基準や音楽の節とどうちがうのか。明確な答えはコンピュータでも出せない。しかし、残酷な線を引く瞬間が心のなかに必ず訪れることをギベールは知っていて、それを示唆するのだ。少年のために。そして、おそらく憎しみのただなかにいるだろう自分のために。

信用に足るもの

書き文字には筆記具を持つ人の身体感覚が投影されている。筆跡による性格診断の方法があるのもその流れだろうが、手紙やノートや日記に記すふだんの文字は言うまでもなく、本来なら個性を排して思念を浮き彫りにするための、印刷用の活字をなぞるようなデザインの領域でも、それは正しく反映される。活字をびっしり並べた書物の表題や著者名に、あえて作者の直筆の文字を使う方法に似ているけれど、それよりも多くの文字を使う、たとえば映画のクレジット・タイトルや字幕の文字などのほうに、あの人の、と納得できる手もとの空気が感じられるのだ。

北園克衛に影響を与えた『黄金の腕』のソール・バスや、『007／ドクター・ノオ』のモーリス・ビンダーのように、映画の内容を活かしながら自分も前に出てくるタイプの仕事も好ましい。他方、彼らに比べるとより控え目で、映画に拮抗するのではなく、そこに溶け込んでいく道を選んだのが、パブロ・フェロだった。二〇一八年十一月十六日、そのフェロが亡くなったとの報を受けて、追悼のためにスタンリー・キューブリック監督の『博士の異常な愛情』（一九六四年）のDVDを手に取った。

映画は、米国空軍の戦闘機B52が空中給油を受けている場面からはじまる。画面右から左へ、二頭の巨大な鯨が重さを感じさせぬままに流れていき、上を飛ぶ個体から補給用の管が伸びて、下の個体の背部につながる。世界を崩壊させかねない武器と武器のタンデムが、ローリー・ジョンソンによる恋愛映画のように優美な音楽で包まれ、その軽やかな印象を少しも消すことなく、ひとつひとつの大きさやバランスを変えたパブロ・フェロの書き文字がそこに被さっていく。タイトルの博士〈DR〉、キャストを紹介するWITHやANDの、予想を超える大きさが登場人物の心の不均衡を提示するわずか三分ほどの終末予告劇は、すでに一篇の作品だと言ってもいいほどだ。

核を積んだ爆撃機三十四機に、最高機密の命が下される。大統領にしか許されないはずの操作が、頭のいかれたとしか言いようのない将軍によってあっさりやってのけられ、人類は後戻りできない破滅へと向かう。いったんこの命令を受けた爆撃機は、特別な解除命令にしか従わなくなる。暗号を知っているのは、命を下した将軍だけだ。悪の出所はどこまでさかのぼるのか。水爆の投下を命じた米国の将軍なのか、それとも皆殺し装置と呼ばれるソヴィエトの最終兵器を開発した科学者なのか。愚者の跳梁を許した者としての責任が問われているのだろうか、この映画に一般の人々は登場しない。

東西冷戦下で起こりえた危機は、いまも私たちの日常の暮らしのさまざまな領域に、細かい粒子のように染みこんでいる。キューブリックの黒い笑いは、現在この国で起きている、書き文字の力を徹底して殺していく均質化への圧力と同質のものだ。そのような状況に陥る危険を回避するよりも、破滅の中枢に向けての突進を性愛のようにうっとりと眺めている者がいるらしい。クレジット・タイトルとともに流れる空中給油の様子は、じつに優雅で官能的だ。管の抜き差しは、国家の大事を決定しようという場面での「体液」への言及と合致するのだろう。

映画のなかで自分がなにをしているのかを理解しているのは、爆撃命令を出した将軍の補佐をする英国空軍大佐と、敵国に攻撃目標の空路をすべて伝え、命令を解除できなかった場合には撃墜してくれと頼んだ米国大統領、そして水爆製造にかかわったストレンジラヴ博士を一人三役で演じ、人心を三分割したピーター・セラーズだけだ。半減期九十三年の放射能を放つ死の灰のもとで、WITHからANDへと人々の数を増やすのは、幸福なのか不幸なのか。マッド・サイエンティストにつきもののサングラスをかけなくても、秒読みの仕組みは理解できるし、解除への道を探ることもできる。パブロ・フェロの手になる「クレジット」は、「信用」に足るものは暗号ではなく書き文字だという真実を、軽やかに教える。

知のコンデンスミルク

安価なココアパウダーをお湯で溶き、カチャカチャとスプーンでかき混ぜる。溶けきらない粉が歯の間に残ったりするようなものでもなんとなく疲れが取れる気がして、味にもさしたる不満はなかった。学生時代の話である。しかし、これがココアの名に値しない飲み物であることを私は妻に教えられた。小鍋で粉を煎り、水と砂糖を加えてよく練ったあと、牛乳を少しずつ加えていくのが彼女の作り方で、原料のカカオ豆はできれば有機栽培のものが好ましい。パウダーの質を上げると、なるほど味はさらに深みを増し、まろやかになった。胃に残ることもない。それまでのココアとはまったくの別物で、いつでも飲みたくなる味だった。

にもかかわらず、ココアと言えば、なぜか冬場に、それも多少頭を使ったあとに飲むべきものだという思い込みが私にはある。受験生時代、数学の問題を解くのに疲れてほかになにもできなくなると、よく即席ココアを飲んだ。脳細胞が活性化することはなかったけれど、身体全体に生気が戻った。その感触が残っているのかもしれない。

フランス文学者の河盛好蔵に、「ココアの思い出」という小文がある。ギリシア語、ラテン語に精通し、英仏独伊語はもちろん、ロシア語、ポーランド語、スウェーデン語、ノルウェー語、オランダ語などもこなす語学の達人であり、優れた翻訳家でもあった哲学者、河野与一との交流をつづったものだ。河野与一は明治二十九（一八九六）年、横浜に生まれた。一高から東京帝大法科大学仏法科に入学し、途中で哲学科に転じてそのまま大正十年に卒業すると、早稲田大学、暁星中学、第三高等学校、大阪高等学校、法政大学、東京帝大文学部等で教壇に立ち、昭和二年、東北帝大法文学部助教授に迎えられた。昭和六年にはドイツとフランスに留学し、哲学、言語学を修め、昭和八年に帰国している。

本格的な訳業は、法政大学の講師となった大正十四年にはじまった。ライプニッツ『形而上學叙説』、『單子論』、トルストイ『藝術論』、アミエル『日記』、ベルクソン『哲學入門・變化の知覺』、プルターク『英雄傳』、シェンキェヴィチ『クォ ヴァディス』。仏文の学生ならヴェルコール『海の沈黙』なども思い出されるだろう。後年、岩波書店で仏語辞典の編纂に当たっていた彼のもとへさまざまな分野の専門家たちがやって来て、語学上の、つまりは本文解釈上の問題について教えを乞い、さながら駆け込み寺の様相を呈していたという。

河盛好蔵がはじめて河野の門を叩いたのは、大正十四年、京大仏文科二年の折のことである。エルネスト・ルナンのテキストにでてくるラテン語の短詩について質問に行ったのだ。事前の約束もなしに現れた学生を、まだ三十前の若い講師はこころよく受け入れ、問題をたちまち片付けると、歓待の雑談に入った。

「寒い冬の夜で、先生は御自分でココアを作ってもてなされたが、まずコーヒー茶碗のなかにココアを入れ、それをコンデンス・ミルクでゆっくりと練り、それに熱い湯をそそぐというやり方で、実においしかった。あんなおいしいココアはそれまで飲んだことがなかった。私はココアというものはこうして飲むものかと初めて教わったわけで、それ以来、現在に至るまで、この河野流のココアを楽しんでいる」(『回想　河野与一　多麻』、「河野先生の思い出」刊行会、一九八六年)

大正十四年前後の京都と言えば、梶井基次郎の小説に出てくるカリフォルニア産レモンが思い出されるのだが、白皙の哲学者が学生にふるまったこのココアも輸入品だったのだろうか。国産ミルクココアが発売されたのは大正八年。コンデンスミルクはすでに製造されていたから、純国産の組み合わせであった可能性も高い。しかし仕事の内容からして、河野与一には舶来品のほうが似合う気がする。いずれにせよ、風味を支えているのは底の知れない学識だ。質問者の密かな自負と不安を濃縮した知で練りあげて、やわらかい日本語で溶いてやること。西洋古典語の知識がなければ、彼のココアのコクは半減する。真似ようと思って真似られる作り方ではない。河盛好蔵が控えめに「河野流」と記したのは、そのような事情からである。

ミナカワリナシ

旧ソヴィエト連邦が日本兵を抑留したシベリアの収容所では、当初、旧帝国陸軍の構造がそのまま保たれていた。命令が上から下へと無理なく流れ、統治しやすいからだ。ほどなく当局は、収容所内で壁新聞をつくりたいからと、大隊長か将校クラスに話を通したうえで、編集に協力してくれる兵士たちを募った。要は党の思想をひろめるプロパガンダである。求めに応じた者のひとりが、一九四五年十一月から五〇年二月までシベリアにいた長谷川四郎で、彼はその論説委員として「古歌の心」という一文を発表している。

事態は動く。壁新聞の主張をもっと過激にして軍の上下関係を打ち壊し、兵士たちだけで会議を開いて作業効率をあげろとの命が、おなじく当局から四郎に下ったのだ。努力むなしく試みは失敗に終わり、四郎は急ごしらえのリーダーの座から追いやられ、営倉にまで入れられることになった。内なる自由への切符は、外からの管理抑圧と同義だったわけである。

ところで、四郎とともに壁新聞の編集に当たり、彼の社説を「墨痕あざやかに」書き記したのは、横光利一の弟子にあたる松本美樹だった。学生時代、なじみの古書店の均一棚で私はこの人の本を買っているのだが、福島紀幸『ぼくの伯父さん　長谷川四郎物語』(河出書房新社、二〇一八年）のシベリア抑留のくだりを読むまで、それを完全に忘れていた。表紙に美しい裸婦のデッサンをあしらった四六判の函入り本である。

裸婦は函の表の中央やや右寄りに、左を向いて立っている。右手は後ろで束ねた髪に触れ、左手には小さな手鏡でも持っているのだろうか、つよい視線がその掌に刺さっている。デッサンというより墨一色のペン画のようで、下のほうに《é》をふくんだ特徴的な署名がある。猪熊弦一郎のものだ。裸婦の顔の前に一文字「渚」とだけ記されていて、著者名も版元の名もない。指で線をなぞると窪みがある。線だけ空押ししてそこにインクを流した感じだといえばわかるだろうか。正式なタイトルは背表紙に『渚　冬の柳』と二作併記で示され、その下に著者名があった。版元は馬込文庫。これも函の裏や奥付を見なければわからない。刊行は一九七〇年だが、私は松本美樹がどのような人なのか、まったく知らなかった。引き寄せられたのは、もっぱら絵の力によるものだったからである。のちに、小島信夫の惹句の入った帯の巻かれた版も見ているのだが、私の印象は購入日のまま、白いキャンバスに描かれた裸婦のデッサンで固定されている。

本体は濃紺のクロス装で、この瀟洒な書物と過酷なシベリア抑留とは容易に結びつかない。表題作のひとつ「冬の柳」で、作者は抑留から帰還した語り手をもって、架橋を実現している。復員兵を迎え入れた家族のなかに、愛する妻の姿がなかった。出征中、妻はべつの男のもとに走り、子を宿していたのである。それだけではない。師の横光利一が亡くなっていたことも教えられて語り手は呆然とする。大事なものを失うために生き延びるという不条理と、いきなり向き合う羽目になったのだ。収容所で新年演劇祭の芝居の稽古をしていたとき、彼は師から心に染みる葉書を受け取っていた。「オタッシャカ　ヨロシヨロシ　ヨロコバシ　ミナカワリナシ　クリタ　イシカワ　イシズカ　ミナヤケタ　ボクダケヤケズ　キミノフジン　ミズキウコウ　タクナリ……」

師は弟子の友人に残された若い妻の近況を確認してから、「ちゃんとして美樹君の還りを待ってるの」かと尋ねた。友人が正直に、駄目です、と答えると、師は「むッと押黙られて、それっきり」口をきかなかったらしい。不貞に絶句したのか、微妙なことを無遠慮に言ってのけた男に心が詰まったのか、いずれにもとれる「むッ」の力は相当なものだ。弟子を安心させるために彼は嘘をついたのである。もし極寒の地で受け取った葉書に真実が書かれていたら、プロパガンダとは無関係に、語り手は一世一代の、身の凍るような芝居を打っていたことだろう。

統計と検札

二桁の数字でいちばん好きな組み合わせを言ってください。都心の百貨店の、大通りとは反対側にあるうすぐらい出口から路地に出たところで、白いボードを首から紐でぶらさげている若い男性に声をかけられた。少しつり上がった細いきつね眼にこけた頬、不自然に長い鼻の下、髭はなく、ひょろながいひょうたんの輪郭にのっぺりした白い皮膚が光っている。外見にふさわしい、抵抗のない言葉が発せられた瞬間、顔の中心線がぴくんと左右に動いて、嘘と本当の境をおとぎ話みたいに揺らした。

男は薄緑色のジャージを着込んでいた。胸につけた四角いワッペンは紺色で、白抜きの数字がふたつならんでいる。0と0。統計です、ご協力をお願いします、と彼は甲高い声で言った。何の統計ですか。念のために問うてみた。このご時世、統計ほどいかがわしいものはない。二桁の数字のための統計です。わかるようでわからない説明である。三桁では駄目なんですね。ええ、二桁です、かならず。小雨があがったばかりらしいアスファルトの舗道が陽の光を鈍く照り返している。そのとき、私の口から不意に答えが飛び出した。

三十八。さんはち、ですね。男はボードにクリップで挟まれている表のような紙にボールペンですばやく三と八を記し、つり上がったままの眼で言い足した。よろしければ、理由を教えていただけませんか。なぜ三十八などと言ったのか。三十三ならば、大昔の仏語初級の授業で、《trente-trois《トラント・トロワ》》が胸部の聴診に使われる音だと習ったことがあるものの、三と八というふたつの数字のならびにさしたる理由は見当たらない。とくに、ありません、と私は言った。男は、予想外の丁寧さでありがとうございますと腰を曲げ、いったん静止してまた身体を伸ばすと、腰に巻いていたバッグのポケットティッシュを差し出した。裏側の広告にも0がふたつ印刷されていた。どこかのデザイン事務所の企画だろうか。

　寒い日だった。ちょうど鼻水が垂れてきたのでありがたくそれを使わせてもらいながら、路地から大通りへ出て駅に向かった。そのあいだずっと、三十八と言った理由があるようでないようなもどかしさと戦っていた。記憶の軸が先ほどの男の鼻筋とともにゆがんで、まっすぐ歩くことができない。「さんじゅうはち」を、男は「さんはち」と言い換えた。二桁の数字で三十八を出したのは、近代文学の戦争小説のなかで三八式歩兵銃、つまり一九〇五年、明治三十八年に帝国陸軍に採用された小銃の字面と「さんぱち」として流通していたこの音が、すり込まれていたからだろうか。そんなはずはない。いくら小説の読み過ぎでも、そこに身体が反応するはずはない。

　統計、とあの男は言った。かつてなら、きっぱりした嫌みのひとつでも言ってその場を立ち去ったはずのところを瞬時に耐えて、自身の生き方から最も遠いこの言葉（たとえ改竄や辻褄合わせがなくても）を受け止めたのである。それにしても、あの男はどこのどういう組織に雇われているのだろう。薄緑のジャージに紺のワッペン、そして腰に巻かれているわずかにストライプが入ったバッグ。既視感がある。歩道わきのたまり水を踏まないよう気をつけながら歩いていた私の前をとつぜん緑色のバスが横切った。答えがわかった。

若い頃、異郷の街で最もよく利用した、都市の中心を南北に走る三十八番のバス。散歩の途中でしばしば交錯したのがこの路線で、「地獄」という言葉を思い出させる停留所で降りて地下鉄に乗り換えていたのだが、ある日、例によって改札を抜け、地下へ降りようとしたとたん、二人連れの検札係があらわれて行く手をふさいだ。買ったばかりで記名していなかった定期券を見て、身分証明書を出せと言う。外人部隊なみの屈強な男が私に迫り、隣にいた顔の大きな男が、差し出した身分証明書をひったくるように取って、首から紐でぶらさげたボードにはさんだ紙に個人情報を記しながら、つり上がった細い眼で私をじっと観察した。鼻の下が異様に長かった。

男はここまでの経路を言わせ、バスで来たと答えると、どのバスかとしつこく尋ねた。三十八番。なんだと？　三十八番。ふん。二桁の数字がボード紙に記された直後、私は一週間分の食費にあたる罰金を要求された。百貨店の裏口の男は、この検札係の眼をしていたのだった。

観音様の手

橋本治さんが亡くなったと告げられたとき、年に一度、夏の盛りに開かれる小林秀雄賞の選考会でお聞きしたさまざまなお話を思い出そうとして、その細部を少しも覚えていないことに愕然とした。浮かんでくるのは、どんな内容の話をされたかではなく、話をどう受け止めてどう返されたかという応接の鮮やかさだけで、言葉そのものの輪郭ではなかったからである。

小林賞がはじまったのは二〇〇二年で、橋本さんはその第一回の受賞者だった。深い井戸の底から声を届かせる腹式呼吸の知性の持ち主であった最年長者の河合隼雄さんの後を継いで、選ばれる側から選ぶ側に移られたのは〇七年のことである。

ご病気が判明した年と、具合の悪かった二〇一八年は欠席されているので、私がお会いしたのは十二年間で十回程度にすぎない。雑談をするためではなく、中身の詰まった本を何冊もテーブルに積み上げ、あれこれと意見を言い合うための濃密な場だから、一対一でながく言葉を交わすわけではない。基本的にはだれかの意見を受けて次にまわすことの繰り返しである。橋本さんの不在は、他の方が休まれた時とは異質の、芯の抜けた言葉では表現できないような欠落感をもたらした。この選考会の場でしか味わえない緊張と喜びを堪能しながら、私は頭のどこかでずっと、橋本さんならどう言うだろうかと考えつづけていた。

　議論の冒頭に述べる総評、寸評のたぐいからしてそうだったが、橋本さんはあとから辛辣だったとわかってくるような話し方をされた。それがあの、「いとも優雅な意地悪」の正体だったのかもしれないのだが、テーブルを挟んで座っているのは、気さくな空豆みたいな笑みを浮かべて、意地悪をとうに忘れた畏怖すべき観音様だった。この観音様は私たちに範を示さない。規律や規矩は認めても、それらを通常とはちがったやり方で遵守する。もしくは、おなじやり方では遵守しないと言うべきか。かすかに記憶している観音様の言葉には、ふんわりした編み物の手触りがあった。そして彼の頭脳には、そのふんわり感を理詰めで再現できる特殊な能力が備わっているように感じられた。

　そんなことが可能なのは、見えない知の千手が動いていて、思考の回路に十分な余裕があるからだろうと最初は考えていた。だがそうではなかった。議論のパン種をみなで練っているとき、私たちとおなじ二本の腕で、彼だけがふつうの人とちがう手首の返し方をしていたのだ。そもそも手を差し入れる場所と角度が異なっていた。橋本観音は職人とも手品師ともちがう。誠実に虚を衝いて、議論全体を覆いかけていた靄を少しずつ澄んだものへ変えていくきっかけになるようなひとことを、さらりと言ってのける。論の腹部を撫でただけで、何が問題なのかを理解してしまう。そんな印象を私は受けた。だれにも真似できない、継承不可能な、一種の応接の奥義のようなものである。

　冷え込みの厳しい冬の夕刻、闇に沈んだお寺に出向くと、すでにかなりの人が通夜の営まれる建物の入口前に集まっていた。巨大なガスストーヴが真っ赤な炎を平らに広げていた。そこで黙したまま白い息を吐いているときも、建物内のべつの広間で時間待ちをしているときも、三人ほど横一列にならんでお別れを述べたときも、私はまた、橋本さんならこういう状況でどんな事例を持ち出して、ふつうだと思われているものの見方をひっくり返すだろうか、と考えていた。

数日後、もういないはずの人から本が届いた。『思いつきで世界は進む――「遠い地平、低い視点」で考えた50のこと』(ちくま新書)。なかに、「人が死ぬこと」と題された文章がある。「多分、人はどこかで自分が生きている時代と一体化している。だから、昭和の終わり頃に、実に多くの著名人が死んで行ったことを思い出す」。ご自身も、三十年続いた元号の時代と一体化していたのかどうか。こういう素朴な疑問の種を、あの笑みと掌で、もう一度くるりと返してほしかった。

思考の水分

砂を噛むような日々がつづいて口中にも喉の奥にも潤いがなくなり、気がつくと思考そのものに水分が不足している。いま置かれている状態にいちばん近いのは、ひび割れた干魃の大地か、静かに周囲を侵食していく砂漠のイメージだろうか。砂漠について語ろうとした書き手は過去に何人もいるのだが、言葉にできた時点で、乾ききってはいなかったという事実を証明したことになってしまう。思考の水分不足を認識している私が言葉をつなぎ得ているのは、まだかろうじて湿り気が残っているからであって、完全な乾燥状態だったらなにもできないはずなのだ。とはいえ、語らねばと思う気持ちが、しばらく使わずにいてインクフローが悪くなった万年筆さながら、先の方で引っかかって流れ出てこない。水分のないところには、独特の厳しさが生まれる。私たちはそこで、水がほしいと念じるよりも、水がほしいという状態に対する飢餓感を学ぶ。

大脳皮質の干からびと思考の衰弱で思い出すのは、安部公房の初期のエッセイ集『砂漠の思想』である。初版は一九六五年、講談社刊。三部構成で、表題作が収められているのは第二部にあたり、各篇の初出は記されていないのだが、ほぼ映画に関する文章がならんでいる。知られるように、安部公房は「半砂漠的な満洲（現在の東北）」で幼少年時代の大半を過ごした。砂漠と辺境は、都市を舞台にした八〇年代の小説の内部にも深く食い込んでくるだろう。ただし六〇年代の安部公房においては、砂漠は暗部のみを意味しない。半分は砂漠だとするその世界で、彼はなお完全な砂漠に憧れも抱いている。

「空が暗褐色にそまり、息がつまりそうな砂ぼこりの日、乾ききったまぶたの裏に、拭いてもふいてもぬぐいきれない砂がくいこむ、あのいらだたしい気分の裏には、不快感だけではなく、同時にいつも一種の浮きうきした期待がこめられていたように思うのだ」

少年期の視座と、大陸の春を告げる砂ぼこり。「砂塵は春の象徴」でもあった。さらにまた、砂粒に破壊と創造の反復のあとを見るのでも虚無の世界を平和にうたうのでもなく、「砂のもっているあのプラスチックな性質にひきつけられるのが普通なのではあるまいか」と彼は述べている。むろんこれは石油などを原料とする合成樹脂を指すのではなく可塑的な物質の意味なのだが、創っては壊す反復を認める砂のうちには、土地の歴史が、時間の崩れと堆積が跡を残している。砂漠に政治はないと言いつつ、国際政治の現場が砂漠にあり、生きている砂漠はアジアとアフリカにしかないとの指摘を作家は忘れていない。

そこで引き合いに出されるのが、アンドレ・カイヤット監督の『眼には眼を』(一九五七年)である。中東の町トラブロスの病院で働いている白人医師が、別の医師の誤診で妻を亡くしたアラブ人の男につきまとわれ、最後に砂漠地帯で置き去りにされる。赦すことと赦さないことが、あいだに詰め込まれた砂粒に邪魔されてついにひとつにならず、人の心に眠る徹底した不寛容をあぶりだす。喉の渇きを覚え、疲弊し、人が信じられなくなったばかりか生きることへの意欲すらなくして、もう殺してくれと相手に言わせるまで男は医師を引きまわす。遠い町へ、それから岩の多い乾燥地帯へ。男はなにを消したいのか。妻の死といつも上に立っている者たちへの怒りよりも先に、消滅させたいものがあるのか。映画はそれを考えさせる。

可塑的な砂だけでなく、剝き出しの岩場が両者の関係を鋭く示す。前半のふたりのざらついた神経戦が、言葉や表情から可塑性を奪っていく。「砂漠の内部」をえぐりだす作業と言ったらいいだろうか。白人医師は問題の患者を診たわけではない。自宅に駆け込んできたのを断って病院に行かせたことが部下の誤診につながったという罪の意識が、彼の心身を確実に蝕んでいるのだ。その蝕まれた心に細かい砂粒が付着して、全体の輪郭が明らかになる。単調さをいかに食い破るか。安部公房はそこに「けじめ」という言葉を当てはめているのだが、これは実現不可能である。砂漠の思想は、無反省だけでなく反省までも「ようしゃなく嚙みくだいてしまう」のだから。

水分不足の思考を重ねて、自責の念にかられる。このような苛烈さ、厳しさを、心のうちに探ったことがあるだろうか。しかしいま、私の立つ現在地には、砂塵を舞わせるぬるい風さえ吹いていない。

浸透圧のこと

少し思いつめた感じの、訥々とした口調で切り出される譬え話は、全身を使って考えるという行為の過程のあらわれだった。脳のどこか一点が熱源となって思考の芯に火を熾し、その火を聞く者に手渡す。明確な意見を述べているのに、それがけっして相手を傷つける武器にならない。浅い言葉を無造作に使いすぎれば自身に匕首が向けられることをだれよりもよく知っていて、批評と批判、反論と攻撃を混同することなく、愚直なほどまっすぐに語ることができた人。加藤典洋さんの仕事を想い浮かべると、どうしてもそういう言い方になってしまう。

二〇一五年五月のこと、一一年三月から大竹昭子さんとつづけている「ことばのポトラック」という催しに加藤さんをお招きしてお話をうかがい、書き下ろしの文章を朗読していただいた。「七十年前の五月、戦争が終わろうというとき、日本で、柳田國男がこんなことを考えています」。マイクを通しても大きくなろうとしない声が冒頭の一文を伝えた瞬間、地下に設けられた会場の静寂の密度がぐんと高くなった。

「先祖の話」という柳田の文章をめぐって綴られたそのテキストは、呼びかけ、問いかけであると同時に、加藤さん自身の思考方法の開示でもあった。戦地で逝った人たちを、戦友がまつられた場所にではなく愛する家族のもとに、郷里に呼び戻すという敗戦前に書かれた柳田の案を紹介しながら、戦争や震災で受けた傷を、日々の暮らしのなかに死者を持つという経験をへて、細い糸としていかにつないでいくかが大切なのだ、戦争という大きな物語に支配された国で柳田が手放さなかった小さな物語の意味を、いま一度認識しなければならない、正しい正しくないの判断とはべつに、こうした弱い声がながく維持されることじたいに、自分は「少しだけ」勇気をもらったと、加藤さんは語っていた。

加藤典洋という批評家を私が信用するのは、こういうところで「少しだけ」という正確な留保をつけるからだ。勇気をもらった。励まされた。人がそう感じるのは、どういう状態でのことなのか。朗読前のトークで、加藤さんの口から、壁がある、その壁は膀胱膜である、という唐突な話が吐き出された。どう展開するのか会場のだれにもわからず、次の言葉をじっと待っていると、やわらかな訛りのある語り口で、およそこんな話がなされた。液体の濃度はひとりひとりちがう。そして、濃度は浸透圧によって変わってくる。励ます、励まされるというのは、その現象に似ている。自分のコップの水を、空になった相手のコップにざばっと移すのではなく、じわじわと理解の素が浸透しあうことでいつのまにか濃度差が縮まる。そんなふうに均衡のとれた状態にしてやれば、壁は壊せないどころか、向こうとこちらをつなぐための力になる。重要なのはこの浸透圧を生み出す壁をつくることではない。液体がしみ出していく状態を認めあい、継承していくことなのだ。

前々回で追悼した橋本治さんと同様、加藤さんには、毎年、小林秀雄賞の選考で心の奥深くに染みてくる比喩を分けていただいた。死ななくてもいい人が、どうしてこうもつづけていなくなってしまうのか。二〇一九年の二月、急ぎの用件で久しぶりに連絡があって、体調のことを伝えられた。お見舞いに行こうにも、悪い気に満ちた私の身体では浸透圧がよからぬ方向に作用しかねず、自分の仕事を精一杯やることで共闘の姿勢を示すしかなかった。

最後に届けられた『9条入門』(創元社)は、文字通り命がけの本である。あとがきに、丸山眞男の「復初の説」に基づいた、加藤さんの批評家としての姿勢がはっきり記されている。これは文芸批評でも揺るがないものだった。『完本　太宰と井伏　ふたつの戦後』(講談社文芸文庫)はその一例だ。三月に記されたあとがきには、病のことが触れられていた。加藤さんが原初に戻って見出したのは、芥川龍之介の「或阿呆の一生」にある、命と引き替えにしても手に入れたかったという「紫色の火花」ではなかったか。その火花に照らされた言葉に、私は「少しだけ」ではない勇気をもらった。

森のなかの空き地を求めて

思考に濁りが生じてどこにいるのだかわからなくなったとき、まだかろうじて汚れのない部分を使って、薄暗くひんやりした森のなかをさまよい歩いている自分を想像する。だれかが通った径はあるけれどそれも中途で消えて、あとは勘を頼りにほとんど手探りで進んでいく。そうするうち、いつしか薄闇を抜けて、木々のまばらな空き地に出る。森を抜け出てあたらしい世界に入り込むのではなく、不意にあらわれたその空白にたたずむ。

森のなかの、そこだけ木々がなくて開けた場所のことを、仏語でクレリエールという。明るさ、明澄さを意味するクレールという言葉がここにはふくまれているのだが、思考の森のなかの空き地を照らすのは、光度計が役に立たないような質の光だ。わずかでも浴びれば、疲れが抜けて楽になる。ただしその場を離れて次の場所へ向かった瞬間、ほんとうにこの径でよかったのかと疑心暗鬼になり、さまよい歩いているうち、自分の成長が、木々の枝葉をひろげる速度よりも遅いことにいやでも気づかされ、時間をかけるという言い方に潜む人間的な尺度の限界を意識させられてしまう。

クレリエールにはもうひとつ、海洋学の用語で「水路」と呼ばれる意味がある。気象庁の定義では、「海氷域の中で、船舶等の航行が可能な割れ目や狭い通路」。丈高い氷の森をぬって進む際に、そこしかないと判断される狭いこの通路は森のイメージを転化したものだろうが、海氷域という過酷な条件が付されていることに注意しておきたい。ある時期まで、私の思考のなかの散策に海氷域は想定されていなかった。クレリエールに求めるのは、氷ではなく正真正銘の樹木なのだ。こうした閉ざされた冷たさも、精神の空き地としてのクレリエールに加えておかなければならない。とはいえ、さまよう思考に直接的に影響するのは樹木あっての光であり、地中に根を張って海氷のように遊動しない参照物である。

思考と森と樹木を結ぶのは、幸いなことに私の独創ではない。クレリエールという単語を覚えたときの例文が、それをみごとに言い表していた。「考えるということは、森のなかの空き地を探しに行くことだ」。『にんじん』や『博物誌』で知られるジュール・ルナールが、一八九四年三月二十八日に記した『日記』の一節である。木々のあいだの空き地を複数形にする理由を、私は理解できていなかった。空き地はひとつではないのだ。光の差すポイントはいくつもあって、しかも予想できないタイミングで出現する。

ルナールは木を愛する人だった。もっと言えば、木になりたいとさえ願う人だった。『日記』には木を用いた印象深い表現があちこちに見られる。一九〇六年二月十日、彼は雪を身にまとった一本の木を、まるで傷ついた指のようだと評した。木は元気で、剪定はしないで無傷のままがよく、包帯など巻いてはならない。四方に枝葉をのばす自由さと、大地から浮き立つことのない強さを樹木に見ていたルナールは、動かない状態で動き、動いていながら生え出た場所にとどまる勇気を持ちたかったのだろう。木にとっては、一歩も踏み出せないような生のあり方は絶望的にすぎる。にもかかわらず、ルナールはその不自由な生に「心を動かされる」という形容をほどこした。

木は不死の存在ではない。いずれ倒れる。人とのちがいは、死をじっくりと用意する時間を生きているということだ。ルナールの父親は銃で命を絶った。命の根を引っこ抜いて死を急ぎ、息子を人生の森に放り出したのである。生まれ変わったら木になりたいと望んだ作家の夢は、引き抜かれたくないとの思いにつながっているのかもしれない。ただし、ルナールの夢は、立派な銅像にさせられることでついえてしまった。自分の像が建つだけでは、味気ない石畳の広場が森のなかの空き地にはならないという残酷な事実を認める理知が、彼にはあったはずだ。なぜなら思考の道筋を照らす光はこうした理知的な認識のあとに差しはじめてくるからである。薄いごくわずかな光であっても、私はこれを、おぼつかない思考の森のなかの空き地になんとか取り入れたいと願う。

壊れたレンズの功徳

仕事の関係者と食事をしているとき、とつぜん眼鏡の左レンズがはずれて、テーブルのうえにからんと落ちた。同席していた人は、こんなことがあるんですねと笑いながらも、お椀に落ちなくてよかったとやさしいコメントで慰めてくれたのだが、私のほうは世界がぐらりとゆらぎ、遠近感が狂って、椅子のうえで平衡感覚をなくしたまま呆然としていた。

幸い遠くを見るための眼鏡を予備に持っていたので左右のバランスだけはなんとか取り戻したものの、手もとの料理がぼやけて苦労した。平時でこうなのだから、なにかよからぬ事態に陥って眼鏡を失えば、触角をなくした蟻とおなじくらい悲惨なことになる。眼鏡屋がいくつもある都会ならまだしも、田舎の町で壊したりしたらもう取り返しがつかない。それが物資の枯渇していた戦中ならなおさらのことだ。

梅崎春生に「眼鏡の話」と題された一篇がある。一カ月後に敗戦を迎えるという時期に、語り手の「私」は、海軍の応召兵として、より正確には基地間の連絡を担う通信車の暗号員として、鹿児島の坊津を見下ろせる峠にやってくる。安着の報を送った直後から無線機の調子が悪くなり、基地との通信が不能になる。「応召以来、朝から晩まで怒鳴られ、たたかれ、追いまくられて来た果てに」あらわれた、平穏な無為の時間。

しかし静かな日々は一週間ほどでついえる。無線機の調子が戻って最初に受けた暗号電報は、語り手に対する本部への帰投命令だった。それを気の毒に思った兵長と電信員が、近くの草原で、釣ってきた雑魚と「海軍航空用一号アルコール」を水で薄めた代用酒で送別会を開いてくれたのだが、良い酔い方をしなかった語り手は、崖の上から放尿しようとして足を滑らせ、闇の中に落下してしまう。気がつくと眼鏡が消え、右の瞼が切れて出血していた。

翌朝、眼鏡は崖下で見つかったが、右のレンズが割れていた。致命的である。仕方なく眼鏡はかけずに峠を離れ、徒歩で枕崎まで出て汽車に乗り、小さな町で下車する。事件はここで起きる。語り手はいきなり、「おい。貴様！」と呼び止められるのだ。海軍士官が三人立っていたのに、よく見えなかったため敬礼しなかったのである。みな語り手より五歳か六歳下の、学徒出陣の若い予備士官で、ついこのあいだまで学生の顔をしていた者たちだった。

眼鏡が割れたからという言い訳は許されない。欠礼したとの理由で、語り手は町の人々の前でいいように殴られる。位が違うので反抗はできない。おまけにまだ片方はレンズの入っている眼鏡を掛けさせられた。世界は当然、裸眼のとき以上に歪んだはずだ。その状態で彼らは、十五分以内にトラックを探して来いと語り手に命じたり、とうに廃業していて布団も余分な食糧もない宿屋に、深夜、「俺たちは国のために身を捨てて働いている」のだと言って強引に乗り込んだり、語り手からしてみるとあまりに理不尽かつ傲岸な態度を示した。少尉たちに名前は与えられていない。外貌の特徴をもらって、アゴ、オデコ、ヘチマと呼ばれるだけだ。眼鏡なしで見て取ったものだからもちろん正確ではないのだが、これは梅崎春生らしいユーモアをやや超えた、批判的な眼差しだと言っていいだろう。

学徒出陣でひとくくりにされることによって隠されてしまう側面を、梅崎春生はしっかり描き出す。レンズを入れられたのは、ようやく復員してからのことだ。「眼鏡の話」が書かれたのは、一九五五年。敗戦後十年が経っている。学徒兵が戦争の犠牲者なのは事実だが、「ああいう環境に放り込まれて、人間のもっとも悪質な部分を露呈したものも」かなりいたはずだと語り手は言う。自分を含めた大学出のインテリの、「権威へのよりかかり方や利用のしかた」は、農村出身の兵士のエゴイズムよりずっと厭らしいのだ。

重い指摘である。しかしこういう視点が得られたのは、眼鏡を壊してからのことだ。わずかな間であれ、鈍い裸眼で世界を見直したからこそ、「私」は学徒兵たちのいまに通じる負の言葉を残しえたのではないだろうか。

即興演奏に関する覚え書き

マーカス・ロバーツ、ウィントン・マルサリス、ジェームス・カーター。この三人のCDがひとかたまりになって押し入れから出てきた。太い輪ゴムが十字に掛けてあり、一番上に方眼のノートをちぎった紙片がセロハンテープで貼られていて、青のボールペンで、レダ、自伝、それから右の三人の名前が記してある。徐々に記憶が甦ってきた。『パリの廃墟』の詩人ジャック・レダと何度目かに会ったときのメモにちがいない。二〇〇二年のことだ。

その日の午後、約束の場所にあらわれたレダは、テーブルにつくなり手土産だと言って白い封筒を差し出した。中身を確かめると、『ジャズの自伝』と題された辞典のような本が入っていた。出たばかりの評論集だという。レダは一九六三年から「ジャズ・マガジン」に文章を寄せている熱心なジャズファンでもあった。「以前に出した本の焼き直しだ。知らないかね?」

まったく知らなかった。レダには『即興演奏家——ジャズを読む』と題された詩的な評論集がある。じつは、日本の版元の理解を得て、この評論集の翻訳が可能かどうかをレダと相談することになっていたのだ。テーブルのうえに《フォリオ》版を出していたのもそのためだったが、つまらないものを読んでいるなとレダは冗談を言いながら自著を手に取り、巻末の著作目録を開いた。顔が曇った。載ってないな、どうして気づかなかったんだろう、と私に尋ねる。理由などわかるはずもなかった。

「モンペリエの近くにある出版社が、むかし出したその辞典を改訂して出したいと言ってきたんだ、三週間でできると思ったら、半年もかかった。ディスコグラフィは網羅的じゃないし、雑誌記事だから一章が短い。本が出たあと死んでしまったプレイヤーもいる。墓場みたいなものだ」

はじめて会ったときも、自作に流れる通奏低音とジャズの関係についてひとしきり講釈を垂れながら、小さな再生装置でピー・ウィー・ラッセルを流してくれたことを覚えている。CDの束に貼られたメモは、『ジャズの自伝』で扱われている最も若いプレイヤーの名前だった。思いがけない復刊を先に紹介してほしいとレダが希望するならそれでもいいけれど、私としてはこの《フォリオ》の方をやりたい、できれば抄訳ではなく全訳で。レダは賛成した。

「きみが正しい。『即興演奏家』をやりなさい。ただ、ちょっと教育的な書き方の詩が混じっているから、そのままでは面白くないだろう。十八世紀の翻訳みたいに散文訳にして、行分けなしの追い込みにしてしまえばいい、私はね、じつは十八世紀の詩人なんだよ」

十八世紀の詩人というレダの自己規定が韜晦なのか本音なのかは判然としなかったものの、私には深く納得できた。イエズス会的な厳格さとある種の放埒さが、詩語のなかで音楽的に統合されている不思議。この時レダから聞いた、彼が幼い頃を過ごしたノルマンディー地方エヴルーの時代の寄宿学校時代の思い出を、私は何度か人前で話し、小文に記したりしてきた。ドイツ占領下の時代に、イエズス会の寄宿学校の庇護のもと、夜な夜なラジオでジャズを聴いていた少年は、空爆直前に情報を得た神父たちが生徒を逃がしてくれたおかげで生きのびたのだ。レダの詩の背後にはしばしばこの爆弾の音が響き、火薬の煙が立ちこめている。別れたあと、私は中古CDショップに寄って、「最も若い世代」に入るプレイヤーたちの、レダの推薦盤を買った。日本で持っているものもあったが、十八世紀の詩人の韻律を感じるには欧州のプレスのほうがいいような気がしたからである。

二〇一九年現在に戻って、開かずのCDの束を見ながらはたと気づいた。そういえば、原作者に交渉までしたあの翻訳の話は、いつ、どんな事情で立ち消えになったのか。その後、レダはなにも尋ねてこなかったし、私も雑事にかまけてすっかり忘れていた。あの日のカフェでの会話は、消えることを前提とした正しい意味での即興演奏だったのだろう。

君たちが元気なのがとてもうれしい

大きな病院前の停留所から矍鑠とした老人が乗り込んできて、いちばん奥の、バスの幅いっぱいを占める座席のわずかな隙に、半身をねじり込むようにして坐った。隣にいた私が会釈と同時に空咳をしたところ、老人はポケットから飴をとりだし、喉に効きますよ、とこちらに差し出した。丁寧に辞すと、どうやらそちらが目的だったらしい一人語りをはじめた。喉にね、ビー玉が引っかかってるような違和感があるんですよ、検査結果が出たんですが、医者はなんともないと言うんです。

「忘れた頃に出てきた可憐な失せ物のように／おとなには無意味でも／子供には貴重ながらくたのように／みんなに親切にしたい気持がおれの胸にもどってきた／ところがそいつが古風なラムネのガラス玉のように／おれののどにひっかかって息ができぬ／誰か親切な人よ　おれを叩き割ってくれ／ぶざまなラムネのびんを割るように」

高見順が亡くなる前年、一九六四年に刊行した詩集『死の淵より』の、講談社文庫版定本（一九七一年）に、「ラムネの玉」と題された一篇がある。老人の仕草が私にその詩を思い出させた。六三年十月、食道癌の手術を受ける前後に、小説家が書きためた詩の数々はいまも私の心をゆさぶる。若い頃に書いていた詩を止めたのは、「散文精神に有害であり有毒であると思ったからだ」と高見順は記した。しかし「やがてその間違いに気づき四十になってからふたたび自己流の詩作に戻り、今日に至っている。正に老年の文学である」。

五十代半ばを老年と呼ぶのはどうかと思うのだが、これはむしろ特定の精神状態を指すものだろう。眼の前に迫ってきた死を覚悟し、心を鎮めるために自身の内側に沈潜して現在と向き合うばかりでなく、この世には自分のものではない若さがあり、これからもあるだろうことをなんの嫉妬もなしに認められたとき、人は老年を迎えるのではないか。

老年について思い巡らしたのは、第二部の「さようなら／私の青春よ」という、そこだけ読むとじつにありきたりな一節で締めくくられる詩を再読したからだ。タイトルは「青春の健在」。解説で鮎川信夫も触れているのだが、私はまず「青春」と「健在」という単語の組み合わせに意表をつかれた。好もしい作為とでも呼ぶべき、理知に統御されたやわらかさを母体とする言葉の運用が感じられたのだ。

問題は、それが読み手である私自身にとって好ましい作為かどうかで、そうでない作為は短時間のうちにこちらの身体を蝕むから、すぐにそれとわかる。たぶん悪意に近い、気の塊のようなものだろう。他方、好ましい作為の方は、ほとんど倫理的な感触である。影響の深度はすぐに特定できない。にもかかわらず、そこには信ずべき手触りがあるのだ。死の淵から生還した高見順は、小説からいま一度詩へと移行するにあたって、「円空が仏像を刻んだように／詩をつくりたい」と言い、「飛ぶ鳥が空から小さな糞を落とすように／無造作に詩を書きたい」と理想を語っている。「出航の銅鑼」を思わせる激しい魂の叫びもそこに潜んでいるのを承知で、彼は無造作という表現上の作為を選んだ。十月の川崎駅の、朝のホーム。「詩人」はここで、働きに出る若者の姿を目に留める。「私は病院へガンの手術を受けに行くのだ／こうした朝　君たちに会えたことはうれしい／見知らぬ君たちだが／君たちが元気なのがとてもうれしい／青春はいつも健在なのだ」。

無造作を可能にし、保証するのは、やはり死がそこにあるかどうかなのだろう。さようならを先行させることで、「青春の健在」が逆照射されるのだ。しかし、高見順にとって唯一無二の体験であったこの死を取りはずした形での、他者の青春を心から認めうる術もあるのではないか。人心を疲弊させている有毒な沼気を吹き払うためには、「君たちが元気なのがとてもうれしい」と言える視座と、身体を叩き割らずにラムネの玉を取り出す丁寧さが必要ではないか。見知らぬ人々への、明るい眼差しが欲しい。

看板について

街なかに手描きの映画看板を掲げる「昭和のまち」として知られた青梅市が、その象徴である看板の撤去をはじめたという新聞報道があった。二〇一八年十月のことだ。この市の出身だった唯一の映画看板師が亡くなったこと、台風で剝がれたり落下したりしたことから決断したのだという。古い単館の映画館が生き延びている「映画のまち」ではなく、そういう風景があたりまえだった「昭和のまち」を演出したところに微妙な屈折があって、それも魅力のひとつではあったのだが、ペンキで描いた絵を並べていた時代の景色になじんでいる者にとっては淋しいことである。

当時のニュース映像も観た。それによると青梅市の映画看板は百枚ほどで、誰もが知っている名画が時代も和洋も取り混ぜて掲げられていた。『七人の侍』『ティファニーで朝食を』『誰がために鐘は鳴る』『喜びも悲しみも幾歳月』『晩春』『夕陽のガンマン』『君の名は』。映画館のチケット売り場近くのガラスケースに飾られているスチール写真と比較すると、俳優たちは似ていたり似ていなかったり、かなりのばらつきがある。しかし、なんというのか、美術大学で勉強した画家とは毛並みのちがう絵師の矜持に満ちた画風には、この映画を観たいという気にさせる熱い空気があった。

古い時代の街頭写真を観ていると、こうした看板に目が吸い寄せられる。私が惹かれるのは絵よりも文字のほうだ。絵師の筆に踊らされた文字には、デザイナーが緻密に設計して選び抜いた号数活字にはない、感覚のみに頼った勢いがある。姿のよい俳優がいくら愛を持って描かれていても、文字は文字として独立した力を備えている。

たとえば長野重一の『東京1950年代』(岩波書店)に収められている「交差点　神田神保町1952年」は、さまざまな看板情報の交錯を捉えた一枚だ。雑誌の加藤商店、菓子のうさぎや、たばこ屋、和洋傘とハキモノの江戸屋がひとつになった建物の軒の上には、文京映画と東洋キネマの広告がある。雑多な表情に会いたくて、私はときどきこの写真集を手に取る。文京映画のほうは二本立て上映中とあり、種類も太さも変えた文字で『西鶴一代女』と『雪之丞変化』が上下に組まれ、田中絹代、三船敏郎、山根寿子、市川春代の名が読める。左のほうにあるぼやけた文字は溝口健二だろうか。後者は衣笠貞之助に一人三役主演として林長二郎時代の長谷川一夫の名が記されている。『雪之丞変化』は戦前の作だから、新作とのお得な二本立てだ。

ところがもう一館の看板はその五、六倍の大きさで、ほぼ枠いっぱいに『オクラホマ無宿』の文字がどかんと横書きされている。オクラホマはゴシック風、無宿は明朝風、それが組み合わさってゆるい弧を描き、そのうえに「マ」と「無」の上部と少し重なるように惹句が光る。

「全オクラホマを恐怖のどん底に叩き込んだお尋ね者！」

私はまず「全オクラホマ」にやられてしまった。一九四九年製作の西部劇という情報はなく、監督名も記されていない。重要なのは主演のランドルフ・スコットのほうなのだろう。オクラホマ州がアメリカのどこにあって、どれほどの大きさなのかを答えられる人がそう多くいたとは思えない。そういう土地に「全」を冠して想像力を刺激しようとする宣伝部の無謀な感性にしびれる。

そんなことを田舎の古い友人に話したところ、突然、中学生のときおまえと映画を観たことがあると言い出した。地元にあった戸建の映画館で『ロッキー』と『サスペリア』の二本立てに行ったのだという。『ロッキー』は封切り時にべつの町で観ているし、『サスペリア』は荻昌弘にTVで解説してもらったはずだから記憶と合致しない。おれが頼んだんだよ、と友人は笑った。彼の家は大通りに面していて、その板塀に映画館のポスターを貼らせていた関係で定期的に招待券をもらっていた。その一枚を餌にしたらしい。《決して、ひとりでは見ないで下さい》って宣伝文句に従ったんだよ。本当だろうか。いくら考えても二人で映画を観ている情景が浮かばないところをみると、私の脳内の看板はきれいに取り外されてしまったのだろう。

すべてが後方になる前に

ながい時間をかけて長篇小説を読む。それも、ひとりではなく複数で、あれこれ話をしながら少しずつ、一定のリズムを保ち、大河に小舟を浮かべて流れに任せるように。講読、輪読、精読、呼び方はなんでもかまわないけれど、そのつど見えてくる光景を大事にして言葉や表現の光彩に敏感であるためには、特定の解釈を導こうとする船頭や水先案内人などはいないほうがいい。頁の向こうにひろがる時代背景についても、最初から知識を持ってのぞむより、細部から周囲に世界を拡張していきたいという心の動きに忠実でありたいと思う。

難しいのは、持続である。とにかく時間がかかるし、日々のノルマを設けて効率よく進めていく読書とは無縁の試みだから、制度にしばられない自主的な集まりであることが望ましい。しかしそれが長期にわたる場合、個々の事情によってばらばらになり、自然消滅の危険性も出てくる。そうした不安を払拭するには、終着点までたどりつけないことがあらかじめわかっている流れを受け入れたうえで、場所と時間、扱う作品の質、そして入れ替え可能な参加者を継続的に確保するしかない。現在がそれまでの参加者に積み重ねられてきた時間を受け継ぐことで成り立っており、これから来る人たちへの繋ぎにもなっていると考えれば、全貌の見えないことに不満を覚えたとしても、細部をないがしろにはできなくなる。

そのための道程は、水路ではなく陸路のほうがいいかもしれない。いわば「継立」を実践するのだ。「継立」とは、宿場と宿場のあいだの荷や人の運搬を人馬で繋いでいくことだが、それを読書に当てはめるなら、言葉と時間と労力を費やしたそれぞれの解釈の受け渡しということになろうか。

そんな連想から思い浮かんだ読みの街道が、島崎藤村の『夜明け前』だった。だれもが冒頭をそらんじているのではないかというほど知られていながら、最後までたどりついた者は多くないであろう大長篇である。「中央公論」一九二九年四月号から三五年十月号まで年に四回のペースで発表され、第一部が第二部連載中の三二年一月に、第二部が三五年十一月、つまり連載終了翌月に単行本として刊行されている。発表の形態がすでに入り組んだ「継立」なのだ。

一九二九年と言えば、十月、ニューヨーク証券取引所の株の大暴落から世界恐慌が始まった年であり、三五年は三月にナチスがヴェルサイユ条約に反して再軍備を宣言し、九月にはニュルンベルク法を発布した年でもある。『夜明け前』という活字の街道を歩き出したのは二〇一六年のことだが、一九三〇年代半ばと重ねずにいられないほど時代はきな臭くなっていた。藤村は六年半に及ぶ連載のなかに、一八五三（嘉永六）年から八六（明治十九）年という激動の時代を凝縮させ、中山道馬籠宿の宿役人を務める青山半蔵の生涯をそこに重ね合わせた。平田国学に心酔する半蔵が、御一新になにを期待し、新時代のなにを拒もうとして自身の足場をなくしたのか、その過程をゆっくりたどればたどるほど、「木曾路名所図会」の一節を下敷きにしたというあの冒頭の一文、「木曾路はすべて山の中である」が「すべて闇の中である」と聞こえてきて、不気味な静謐さに震撼させられる。京と江戸を結ぶ中間点に位置する情報の収集地にあって、時代がどちらの側に傾くかを見定めようとした主人公がいつのまにか不可視の縄に締めあげられ、身動きがとれなくなっていく。そういう状況じたいが、「この国」のいかがわしさを体現しているように思われる。

狂気を発し、いかなる継立も許されずに座敷牢で没する主人公の生涯が「すべて、すべて後方になった」と、どこか嘆息まじりに記された頁までたどりつくのに、若い人たちの粘り強い継立の力を借りても四年かかった。こつこつと読みを重ねてきた最後の最後に至ってもタイトルどおりに夜は明けず、「不幸な薄暗さ」に浸されたままであることの意味を身に染みて理解するには、最低限そのくらいの年月が必要だったのだ。「おてんとうさまも見ずに死ぬ」と言い残した主人公の闇は、いまだ「この国」でも引き継がれている。しかしそれでいいのか。すべてが後方になる前に、座敷牢から半歩でも外に踏み出す日の来ることを信じていたい。

隠れ身の術

勤務先の個室のテーブルに書架から取り出したばかりの本を置いていたら、約束の時間にやってきた若者がそれを見て、橋本日ってなんですか、と真面目な顔で尋ねた。質問と同時にその顔はまちがいなく函入りの本に向いていたので、頭のなかでなにが起きたのかは察しがついた。函の表には黄色い長方形の題簽が貼られて、そこにはたしかに大きく「橋本」と趣のある赤い文字が刷られており、その右に小さく「日」がつづいていた。題字の下には開いた扇の絵が描かれている。これが物語の重要な場面と結びついていることも彼は知らない。

これはね、右から読むんだよ、橋本日ではなくて日本橋。そうか、橋本の日じゃないんだ、と顔を赤らめたものの、『日本橋』は一九一四年に千章館から出た鏡花の小説で、小村雪岱の装丁でも知られている本であること、背表紙にある「鏡花小史」の小史とは雅号などの下につける言葉であること、七一年に出たこの復刻版を古書店で安く買ったこと、手にしやすい岩波文庫にも入っていることを函から出した本体を見せながら説明し、表紙を飾る日本橋川の明るい水色にずらりとならぶ白壁の蔵が映え、紺、赤、黄、白の蝶がちぎれた千代紙のように舞うこの図案化された全体の清新で垢抜けたバランス感覚は、とても百年以上前の仕事とは思えない、浮かんでいる船はもちろん競技用のボートではなく蔵のものを出し入れするための荷船だと慎重に付け加えたのだが、あまり興味を示してくれなかった。当然である。本の話をしに来たわけではないからだ。私は何ごともなかったかのように差し出された書類を受け取り、ＢＩＣのボールペンで署名、捺印した。

若者が出て行ったあと、なんとなく気がふさいだまま、夜遅くまで個室に居残って『日本橋』を読んだ。泉鏡花の小説はすらすらとはたどれない。華麗な文体のせいばかりではなく仕掛けが案外複雑なのだ。日本橋の露地にある「稲葉家」に抱えられた若い芸妓のお千世に、子どもたちがちょっかいを出す。彼女を偶然助けたのは通りがかった鉢坊主だが、じつは、かつて「瀧の家」の清葉に旦那のある身だからと拒まれ、彼女の競争相手お孝に拾われたものの、清葉のことが忘れられずに遍歴の旅に出た一途な男で、各地を行脚してふたたび日本橋に戻ってきたのだった。

鏡花は、現在、過去、さらに現在という順序で進行する構成を巧みに用い、男といっしょになれぬことを知ってから心を病み、二階で伏せっているお孝に焦点を当てる。彼女の様子を案じて訪ねてきた清葉が表通りから声を掛けると応えはなくて、扇が天井裏まで幾度も投げあげられ、まさしく雪岱が描いた蝶のように舞うさまが見える。

「晃乎《きらり》と光《ひか》ると、扇《あふぎ》は沈《しづ》んで影《かげ》は消《き》えた。
………が、又《また》飜《ひるがへ》つて颯《さつ》と揚羽《あげは》。輝《かゞや》く胡蝶《こてふ》の翼《つばさ》一尺《しやく》、閃《ひらめ》く風《かぜ》に柳《やなぎ》を誘《さそ》つて、白《しろ》い光《ひかり》も青澄《あをず》むまで、塵《ちり》を拂《はら》つた表《おもて》二階《かい》。

露地《ろじ》も溫室《をんしつ》のやうな春《はる》の中《なか》に、其處《そこ》に一人月《ひとりつき》の如《ごと》き美人《びじん》や病《や》む」

真上に投げあげる扇の映像はいかにも鮮やかで、舞台や映画の一場面を連想させずにおかない。この小説の装丁で一躍世に知られるようになった雪岱は、すでに高い評価を得ていた舞台美術に加えて、一九三五年、島津保次郎監督『春琴抄　お琴と佐助』で、現地取材にもとづくセットの考案から時代考証のすべてを担当した。平面における空間の把握に長けた雪岱の絵や装丁は、泉鏡花のこうした場面との親近性が高い。舞台装置や映画のセットは「どこまでも俳優の演技を助けるもので、舞台やセットが俳優の演技を押しのけて、観客の前にのさばるべきものではない。それは文字通り背景であるべきだと私は常に考へてゐる」（『日本橋檜物町』平凡社ライブラリー）と雪岱は言う。自身は活字の裏に消えている。消えながらその存在を確実に伝えている。私は消し方そのものにどうしても雪岱の色を観てしまうのだが、鏡花の小説の最後の場面が装丁からきれいに省かれているのは隠れ身の術だろう。日本橋を橋本日と読ませるのも、時代が要請する負の忍術なのである。

Fの重なり

古書店の均一棚に、晶文社版の『島尾敏雄全集』の端本が何冊か並んでいた。外函に鉛筆で値段が記してある。乱暴な筆致の数字を見ながら思案したのち、一冊だけ買った。「われ深きふちより」と「硝子障子のシルエット」が収められている第七巻。探せば家のどこかにあるのはわかっていた。同時に、探してもすぐに見つからないであろうこともわかっていた。こんな場合はとりあえず買う。読まなくても、あの辺りに積んだという記憶を残しておくだけで役に立つと言い訳をして。

しかし読み返す余裕も気力もなく、積んだままの状態で鬱屈した日々に私は沈み、深海の底から肺が破裂しないようゆっくりと再浮上する機会をうかがっていた。Fが重なる音の響きと、淵と書かずにひらがなに開いたタイトルがあらためて眼についたのはそんな時だ。なんとなく手を伸ばして頁を開いてみると、相当量の書き込みがある。やや硬めの鉛筆で引かれた線と文字はどれも微妙に震えていた。あちこちに波の線が走り、天の部分にこれだという丸印と短いメモが記されている。とくに書き込みが多いのは、精神を病んだ妻と病院の外来で過ごした日々を回想する前半で、「葉篇小説集」と銘打たれた後半に入るとそのような箇所はまばらになる。

端本の前所有者は、自分の首を絞めたくなるほどの語り手の苦しみに同期しようとしていたらしい。可視化されたその脈動に不意打ちを食らって私はたじろいだのだが、気圧されるまま波の頂上をたどって黒鉛の浮子を結んでいくうち、徐々に違和感が募りはじめた。頂から滑り落ちる間というか、波に乗る前の態勢がどうもしっくりこないのだ。むしろ鉛筆を握った手からこぼれた箇所のほうに「深きふち」が見える。たとえば以下の部分に前所有者は線を引いていない。

「私には既に世間というものがなくなってしまった。ただ、妻の神経の表面にメタン瓦斯のように限りなくわき上って来る疑惑のいらだちに、寝ても覚めてもいや真夜中でさえもお互いが顔をまともにつき合わせて、その日その日が移り変った」

均一棚にはたしか「日の移ろい」を収める第十巻も並んでいた。移ろいのなかに移ろわない基底があって、それが存在の深いところから臭気を放つ。その臭いを話者は嗅覚ではなく視覚でとらえている。島尾敏雄の小説にしばしば放たれる眼華閃発がここでも散っている。移ろい去った日々はもう帰って来ない。「平穏な何気なさ」がどれほど大切なものかは狂気のなかで痛みとともに理解されているのに、その理解じたいが苦痛でしかないのだからもはや逃げ場はない。追い詰められていることを意識したとたん、視野に異変が生じる。

「頭がそのことだけに囚われると、視野の隅から墨汁を流し込んだような暗さが、重く圧しつけて来る」

妻の眼と同一化して自分を見返すような状態に陥り、そこから少しずつ過去を剝がされていく恐怖に怯える。日の移ろいのなかの不安の発作はやがて「死の棘」全体に波及するのだが、話者の疼きは妻との関係性に由来するのではなく、はじめから身体の奥に巣喰っていたものだと言うかのように、鉛筆の線はそのあたりをいつもかすめていく。最初の頁から読み進めて私が傍線に共感したのは、わずかに「私は私の生まれつきを解体したい！」という一文だけだった。ところが前所有者は、天の余白にわざわざ「私を解体したい」と書き抜いている。解体の対象が「私」ではなく、あくまで「私の生まれつき」であることを理解しているからこそ、島尾敏雄の主人公は妻の「黒い蛾の踊りに似た反応の発作」に怯えられるのだ。発作の波がやってくる直前の怯えと崩れを語り手とともに予感していたなら、以下の一文にこそ傍線を引くべきだったろう。

「私は妻のうず高いひざで安らかに横たわりたいと思うとき、妻は厳格に私を訊問しはじめる」

存在の歪みは助詞の歪みに通じる。生のゆがみと墨汁の染みたような視野のなかで、「が」ではなく「は」と記せという召命がある。「私」は生まれつきの状態を壊されるのではなく、妻とおなじ黒い蛾となって、膝枕で眠る生まれつきの状態に戻されるのだ。安価で手に入れた深淵の底から、私もまた抜け出せていない。

最低感度方向について

確認したいことがあって、古い雑誌を買い求めた。「FM fan」一九八〇年第八号の「陽春特大号」。三月三十一日から四月十三日まで、二週間分の詳細な番組表が載っている。民放FMの本放送が開始されてほぼ十年となるのを記念しての、小特集も組まれていた。

私がFMに親しむようになったのは一九七五年前後で、新譜紹介の番組やクラシックのライヴ放送をまめに聴いていた。しかし、ひとつ問題があった。家は小さな盆地にあって幾重にも山に囲まれているため、電波の入りがよくなかったのである。二バンドのモノラルラジオを愛用していた初期の頃はアンテナを立てて頻繁に場所を変えていたのだが、ある時期から持ち歩きのできない据え置き型モジュラーステレオのチューナーに切り替えたため、T型フィーダーアンテナを壁や柱に這わせることになった。最適の場所を探しはしたけれど、時間帯や天候のぐあいで電波の調子はよかったり悪かったりする。ライヴ放送の大事なところで、きゅるきゅるという機械音に似た不快なノイズの攻撃を喰らう悲劇もしばしば生じた。

そんなわけで、いつかはしっかりしたアンテナを立て、可能なかぎりノイズのない状態で心穏やかに音楽を楽しみたいと夢見るようになった。簡素なマルチパス計のついたチューナーを購入して五素子の八木アンテナを合わせれば、はるか西に位置する電波塔を狙うことができる。それが実現したのは一九七七年のことだ。電器屋に希望を伝えて納品を待った。当然、受信状態を確かめながらアンテナの方向を調整するつもりでいた。ところが、春先の日曜日、部活で学校に出ているあいだに電器屋が事前連絡なしにやってきて、屋根のうえにさっさとアンテナを設置してしまったのである。楽しみにしていた開封儀式も結線もすべて終わり、テレビ塔に向けておいたから電波はうまく入るはずですというメッセージが家族に残されていた。

この電器屋とは、ずいぶんながいつきあいだった。機械いじりが三度の飯よりも好きな、商売人でありながらなんの欲得も感じられない人で、某大手メーカーの看板を掲げる特約店であるにもかかわらず、他社製品が欲しいと言えば厭な顔ひとつ見せずに問屋から仕入れてくれたし、どんな故障でも部品さえあれば修理してくれた。納品されたチューナーも、彼の店ではふだん扱っていない社の、しかも型落ちの機種だったから、私のいるときに来てほしかったなどと文句は言えない。

とにかくシステムの電源を入れ、周波数を合わせると、受信感度を示すメーターの針が一気に振れて、これまで聴いたことのない鮮度と量感のある音楽が流れてきた。女性の声のサ行からしゃりしゃりした印象が消え、時報の余韻に歪みもない。さすがにプロの仕事だと感心したものの、その夜のうちから例のノイズが発生して止まらなくなった。

当時、数社から出ていたFM専門誌には読者からの相談コーナーがあって、先の「FM fan」にも「山からのマルチパスを防ぐ」という見出しのやりとりが掲載されている。トンボアンテナを前提とした質問だったが、回答を読んで、いまさらながらはっとさせられた。「要は、アンテナの最高感度方向を局に向けるのではなく、「最低感度方向をマルチパス電波に合わせて、これから逃げる」のです」。

アンテナ調整とノイズに悩まされていた時代はすでに遠い。しかし、言葉を探している私の耳の奥で、いまも時々、じゅるじゅると濁り、きゅるきゅると渦巻く執拗なノイズが生じている。ひとつ言葉を置き、またひとつそれにつなげる。すると、文ができあがるあたりで一部を打ち消す雑音が聞こえてくる。ノイズは重要だ。それがなければ真の音もないし、言葉も見つからない。ただ、四十年前の雑誌の記事のおかげで、言葉のノイズとの向き合い方に微妙なずれがあったことにも気づかされた。言葉というものは、その最高感度方向ではなく、最低感度方向にこそ向けなければならないのである。

ところで、私はいったいなにを確かめようとしていたのか、それはまた次回で、ということにしたい。

アンダンテのつぎに来るもの

クラシック音楽を聴きはじめた頃、LPレコードは高すぎて買えなかったから、もっぱらFM放送を頼りにしていた。しかし学校に通っているあいだは昼の番組を聴くことができないので、タイマーを使ってカセットテープに録音したものを帰宅後に再生して楽しみ、その上にまた新しい番組をかぶせるということを繰り返していた。海外の演奏会の録音放送などでとくに気に入ったものは保存していたけれど、場所もお金もないし、すべてを残すわけにはいかないので、基本は放送時間に生で聴くのと同様、一度きりの鑑賞だった。

高校生活がはじまる前の春の休みに、雑誌に掲載されている二週間分の番組予定表のチェックをしていたら、平日の午前の公共放送の欄に、ジャン＝マリー・ルクレールの名を見つけた。番組の前半はバッハの「6つのトリオ・ソナタ」、後半がルクレールの曲で、演奏はムジカ・アンティカ・ケルンとあった。「2つのバイオリンと通奏低音のための序曲ニ長調Op13の2」「2つのバイオリンのためのソナタ　ト短調Op12の5」「同変ロ長調Op12の6から　第3楽章アンダンテ」。レコード演奏紹介の番組の最後は、たいてい余った時間内に収まる小品で締めくくられる。ルクレールの曲三つで三十二分ほど、そのうちアンダンテは五分弱だった。

ルクレールについてはほとんど知らなかったのだが、一時期ヴィヴァルディの『四季』の成功でポップスターのような扱いを受けていたパイヤール室内管弦楽団の前身がこの作曲家の名を冠していたことを、ほかならぬパイヤールのレコードのライナーノートで読んだことがあった。ぜひ聴いてみたい。しかし、放送日は新学期の、ということは高校の始業日に当たっていて、留守録するしかなかった。朝、両面九十分の音楽用カセットを用意し、片面四十五分にルクレールが確実に収まるよう番組の途中からタイマーをセットした。帰宅後すぐ再生してみると、計算通り目当ての曲はすべて録れていて、心配していたマルチパスの歪みもない。ルクレールの曲は軽やかで親しみやすく、聴き慣れていない分とても新鮮で、一週間ほどのあいだは何度も再生したはずである。疲れている日は音が気持ちの表面を滑るばかりで逆にその軽やかさが負担に感じられ、慰めにもならなかったのだが、最後のアンダンテの、ふたつのバロック・バイオリンの演奏だけはなぜか受け入れられた。それでも保存版にはならなかった。ルクレールの小特集はほどなくべつのライヴ録音放送によって上書きされ、テープからも記憶からもきれいに消えてしまった。

十数年後、三十代の半ばころだったか、昭和初期の小説を読んでいたとき、突然、頭のなかにルクレールのアンダンテが響いて私を驚かせた。

「よほど遠い過去のこと、秋から冬にかけての短い期間を、私は、変な家庭の一員としてすごした。そしてそのあひだに私はひとつの恋をしたやうである」

そんなふうにはじまる、尾崎翠の「第七官界彷徨」。作中の「私」は「赤いちぢれ毛」の「痩せた娘」で、北向きの女中部屋に住み込み、「変な家庭」の炊事係をしながら「人間の第七官にひびくやうな詩を書いてやりませう」と考えている。その物語世界と音楽が同調した、というような繊細な話ではない。両者がほとんど条件反射的に結びついたのだ。思い当たる節はあったものの、確かめる術がなかった。

先日、久しぶりに尾崎翠を再読していたら、そのときのもどかしい感覚がよみがえってきた。今度はすぐに動いた。私が「FM fan」のバックナンバーを探したのは、該当の週の番組予定表を調べるためだったのである。まちがいなかった。ルクレールの小特集のあとにモノラルの「朗読」の時間があって、そこで読まれていたのが「第七官界彷徨」だったのだ。一九八〇年四月七日が、第一回にあたっていた。私は十八世紀フランスの作曲家の作品のあとに録音されていた番組の一部で、ダイナナカンカイホウコウという奇妙な音の響きを記憶していたのである。このときルクレールではなく尾崎翠の小説に開眼していたら、のちの読書傾向が大きく変わって、いまの私は存在していなかっただろう。

モラルの種

　新型コロナウイルスの感染防止対策のため、一九六八年から半世紀以上にわたって続いてきた『ゴルゴ13』の、初めての休載が決まったとの報が流れた。制作現場で「三密」を避けるのが困難だからだという。ゴルゴ13ことデューク東郷は、任務の遂行上、依頼人と対面で接触はするものの背後に人を立たせないし、握手もしない。話を聞くときは周囲を警戒しながら適度な距離を取る。密閉、密集、密接とはそもそも無縁な存在であるだけに、休載はさぞ不本意だっただろう。

　感染と言えば、ゴルゴ13はアフリカからアメリカに向かう客船のなかで、新型エボラウイルスの犠牲になりかけたことがある。野生の猿を密輸しようとした男の失態で船内に発生したこのウイルスは、感染から一週間ほどで人を死に追いやるきわめて強力なものだった。米国当局は、何億という人々の命を守るため全員を沖合に隔離し、残らず始末することを目論む。冷静に状況を察したゴルゴ13は船から脱出し、時間との闘いのなか、自身の命と他者の命を共に救いうる唯一の手段に賭ける。

　情報収集や武器調達において、信頼できる協力者を世界のいたるところに確保している孤高のスナイパーは、もはや世界が個々の国の力だけで機能せず、相互に深く依存し合っている事実を、ごく早い時期から示してきた。依存の最たるものは食糧である。すでに一九八〇年代から、小麦や大豆の国際的シェアをめぐるひと握りの大企業間の争いに関与しているし、二十世紀末には、遺伝子組み換えの飼料用トウモロコシと農薬をセットで売りつけていた某化学薬品メーカーを容易に連想させる作品にも、彼は姿を見せていた。

後者の設定は生々しい。アメリカ大企業の種子生産農場を訪れた中国の「植物保護所」長が、奇妙な動きに気づく。遺伝子を組み換えて強力な除草剤に耐性を持たせたデントコーンと、有機リン系殺虫剤に耐性を持つようにした害虫が同時に育てられていたのだ。害虫を大発生させ、自社が開発して品種登録したデントコーンのみを生き残らせる。肉牛の飼育には体重の何倍もの飼料が必要だから、他の品種が壊滅すれば嫌でもその種を買わざるをえない。人体への影響は二の次の、酷薄なビジネスである。

先に私は種子法の廃止に触れた（「原原種のゆくえ」）。種子法とは、稲と麦と大豆の優良な種子を安定的に生産し普及させるため、原種、原原種の保全を国が各都道府県に義務づけた法律で、運営は公的な農業試験場が担う。種子法の成立は一九五二年五月。前月のサンフランシスコ講和条約発効を経て、内実はともかく、表向きは日本が占領下でなくなった年だ。国の体裁を整えて真っ先に食糧の安定供給を考えたのは、正しい判断だった。

ではなぜ種子法を廃止したのか。いつまでも国が管理していては民間企業の意欲を削ぐ。もっと自由に民間の参入を促したいからだと役所は説明する。ＴＰＰとの兼ね合いで、外資系企業を呼び込むのが真の目的ではないかとの見方もあった。そこで今回、ゴルゴ13の休養中に問題となったのが、種苗法改正案である。その改正の主な目的は優良な登録品種の海外流出を防ぐことで、登録した種の権利は育成者が保持する。手間暇かけて作られた種を農家が買うのはこれまでと同様だが、登録品種の自家採種は禁じられ、毎年種を購入しなければならなくなる。

在来種・固定種は登録の必要がなく、自家採種も可だとふたたび役所は言う。しかし素人には、種苗の海外流出を防止することと、外資を含めた育種業者の参入の可能性を残す種子法の廃止がうまく結びつかない。改良品種の海外での不正使用を防ぐには、おなじく海外での品種登録もより積極的に進めるべきだし、それよりも意図しない交配を責められ、知的財産権侵害で訴えられたりしないよう在来種のデータベースを構築する方が先ではないかとも思うのだ。大手の海外資本が国内の組織と結託して改良した在来種を品種登録してしまったら農家はどうなるか、想像に難くない。実際、この数年の間に国内での登録品種の数はかなり増えている。自家採種の可否は、有機農業にも直結する大きな問題だろう。

ゴルゴ13が中国から依頼されたのは、膨大な数の害虫の撲滅だった。緊急事態宣言はひとまず解除されたことになっているけれど、先の見通しは立っていない。食や医療や政治経済だけでなく、人倫の問題として議論を深めるべきことはたくさんある。デューク東郷をいつまでも休養させておくわけにはいかない。

破壊の前の沈黙

工学博士にして考古学者アレ・ツィルクの『石の目を読む―石器研究のための破壊力学とフラクトグラフィ』（上峯篤史訳編著、京都大学学術出版会）は、石が描き出す驚くべき紋様の美をひたすら愛で、その音楽に耳を傾けるロジェ・カイヨワ『石が書く』（岡谷公二訳、新潮社）の愛読者ならずとも、科学的な知見と省察の結合によって、さまざまな夢想に誘われる興味深い一書だ。

破壊力学と破面解析《フラクトグラフィ》の原理は、原著者のまえがきにあるとおり、現代の産業においても考古学的な過去においても大きなちがいはない。「ただ産業応用においては割れの防止に主眼が置かれているのに対して、考古学の場合には割れを生み出すことに関心が向けられているにすぎない」。しかしこの正反対のベクトルにこそ、思考のヒントが含まれている。

発掘された石器が現代の私たちになにを語ってくれるのか。素材、形状、そして断面。いかなる条件のもとで割れが発生したのかという力学的な情報と、割れた面の上に描かれる多様な紋様、筋、傷といった変化の痕跡をあわせ、壊しては組み立て、組み立てては壊す双方向の視点が重要になる。ただ壊すのではなく破壊を制御し、用途に応じた形、強度、大きさに仕上げていくための知識と技術を探求すれば、石器造りの秘密に迫ることが可能になる。

とはいえ、そうしたデータからどうしてもあぶれてしまうものがある。たとえば、アルプス山中、エッツ渓谷の氷河から完全な形で発見された約五千三百年前のミイラ、エッツィことアイスマンは、高度な道具の入った革袋を携行していて、そのなかに硬いフリントに木製の柄をつけた短剣と、刃を剝離させて鋭くするための工具が入っていた。私は偶然、北イタリアのボルツァーノにある考古学博物館でその現物を見たことがあるのだが（拙著『バン・マリーへの手紙』参照）、ただ凍土に埋もれていたものが出てきたのではなく、まちがいなくそこに生きていた男が手を加えながら大切にしていた道具の、氷河のなかでもなお人肌のあたたかさが残っていそうな存在感に打たれたものだった。考古学者たちは素材の石がどこで採れたものなのか、どのように刃を研いだのかを、詳細に分析している。訳編著者が述べているとおり、これは難解な文書を読み解くようなもので、フラクトグラフィを読書にたとえるなら、破面模様は割れの描くテキストを理解するためのアルファベットでありツールということになるだろう。テキストとしてのエッツィの所持品の謎は、徐々に解明されつつある。

この道筋を、読書ではなく文学に譬えてみるとどうか。目の前に置かれている完成品がどのようにしてできあがったのかを解き明かすべく、痕跡からたどって現在に遡る方法の一例として、草稿研究がある。書き手が原稿に手を入れた過程を再現しながら実作の内側に入り込もうとする試みは、研究者にとって大変に重要なことだ。しかし、分解、修復、清掃、組み立てからえた数字と経験値を注ぎ込めば、元の作品に匹敵するものが実際に書けるかというとそうはならなくて、分析データなどほとんど役に立たない。エッツィは大きな傷を負いながら標高三千メートルを超える高地で、命を守る矢先やナイフの手入れをしていた。どんな顔でどんなことを考えながら手を動かしていたのか、フリントの刃と柄の汚れからデータにない空気が立ちのぼってくる。

ところで、現代でも石器時代に通じる石割の技術はかろうじて継承されている。フランシス・カルサックの筆名で小説も書いていた考古学者、フランソワ・ボルドによると、オーストラリアの先住民たちは、「石を割りはじめる前の約45分間、ただただ原石を注意深く観察していたという」（アレ・ツイルク、前掲書）。無言の対話を経て割られたものと、合理的な方法に基づいて作られたものとでは、出来あがりの質やたたずまいに理屈では解決できない違いが出てくる。いま私たちが必要としているのは、説明不能な、この四十五分の沈黙の重みを許容する力ではないだろうか。

門を開けさせた人

一九九九年七月に空から恐怖の大王が降ってきて世界を強制終了させていたら、いまこの文章を書いている私は存在していなかったことになる。七三年の晩秋、田舎の書店に五島勉の『ノストラダムスの大予言』が積まれたとき私は九歳だった。この本がいかなる経緯で話題になったのかは記憶にない。現物を持っている友人が何人もいたから、仲間はずれにされるのを怖れて買ったのだろう。一読して三十五歳ですべてを失う瞬間をひそかに想像し、想像しきれないまま、なにも言葉にできなかった。風邪を引いたりお腹が痛くなったりしない平穏な日々がつづいて、日が暮れるまで友だちと遊んでいられたらそれで満足だったし、野球選手や消防士やウルトラマンになりたいというような夢もなかったので、二十数年後に大人になっている自分の姿を思い浮かべるなんて、どう考えても無理な話だったのだ。

ずっとのち、大学に入って、渡辺一夫の『フランス・ルネサンスの人々』を手に取ったら、カルヴァンやイグナチウス・ロヨラなどと並ぶ同時代の人文学者、占星術師として、少年時代に脳裏にその名を刻まれた人物が紹介されていた。ノストラダムスの本名は、ミシェル・ド・ノートルダム、一五〇三年に現在のフランス・プロヴァンス地方に生まれている。同時期に読んだユルスナールの小説『黒の過程』にも、聖職者、哲学者、医師、そして錬金術師でもあったゼノンという主人公の同時代人としてノストラダムスがちらりと出てくる。一九九五年一月に阪神・淡路大震災が、三月に地下鉄サリン事件が起きると、四年のずれがあるとはいえあの名前がまた脳裏をよぎったのだが、そこにいかがわしい思いを抱くことはもうなくなっていた。

とはいえ、一九七三年に感じた恐怖のかけらは完全に消えてはいない。『ノストラダムスの大予言』が刊行された直後だったか、小松左京原作の映画『日本沈没』が大々的な宣伝とともに封切られた。原作は読んでいなかったけれど、大予言の延長線上にあるものとして、正月休みの途方もなく寒い日、初回上映を観るために友人たちと早朝から長蛇の列にならんだ。二時間半近くの長丁場と大画面で次々に襲いかかる破局的な災害の映像の迫力に、終映後は口もきけないほどだったはずなのだが、細部は切れ切れにしか覚えていない。

先日、五島勉氏の訃報に触れてあの冬の一日のことをあれこれ考えているうち急に気になりはじめ、四十数年ぶりに『日本沈没』を観直してみた。驚愕というほかなかった。田舎の小学生はなにひとつ理解していなかったのである。中心となる舞台装置のうち、当時見当が付いたのは東京タワーだけで、葉山も箱根も下田も架空の地名に等しかった。のちにテレビ講座で何度かお見かけした地球物理学者の竹内均によるプレートテクトニクス理論の解説や、日本海溝の底で発見された異常と科学的なデータと科学者の《勘》によって示された大予言は、二〇一一年三月の出来事を体験し、さらにあらたな疫病に見舞われているいま、まったく別様に見えてくる。

丹波哲郎扮する一国の長は、異変を訴える専門家の解説と警告に耳を傾け、未曾有の災害に備えてなにができるか、なにをすべきかを自分の言葉で考える。天災が現実のものとなり、東京の一部が壊滅した日、大火から逃れてお濠に囲まれた宮城に押し寄せ、中に入れて欲しいと訴える都民を警官が押し返すさまを目の当たりにして、彼は宮内庁に電話を入れ、ただちに開門するよう命ずる。三百六十万の死者行方不明者を出したあと、政府の無策を悔い、決定的な破局が訪れることを確信して自ら行動を起こす。

一九七三年には、実験炉を含めた数基の原発がすでに稼働していた。オイルショックを経て電源三法が認められ、日本が一気に原発大国となるのは、フィクションのあとの世界である。私は内容も結末も勘違いしていた。四十七年後のいま、わずかな数の難民をも受け入れようとしない国の人間を、そっくり受け入れてくれるようなところなどありはしないだろう。映画のなかの首長の言動と比較すれば、真に愚かで真に恐ろしいのは何であるか、もはや言うまでもない。

根元的なところでの同意

遠目だからよくわからなかった。たぶんそれほど大きくはないリングノートだったろう、二百人はいたと思われる階段教室の壇上で、先生はそのノートを、さら、さら、と音を立ててめくり、時々語句を確認するためにまえの頁にもどって沈黙したりしながら、右のてのひらのくぼみに転がしていたチョークで愛誦するダンテやロンサールの詩の一節を原語で丁寧に板書して、解釈ではなくそれらの詩に対する想いを簡潔な言葉で話された。

春からはじまったその専門講義の意味を、私はまったく理解していなかった。そんな経験は一度もないはずなのに、行き場がなくなって足を踏み入れたどこか知らない土地の日曜日の教会で、すべてを受け入れてくれる神父さんの話をただぼんやり聞いているような感覚だった。おそらく、周囲の学生の大半がそう感じていたのではないだろうか。その時間のその教室だけ、空気があまりにもちがっていた。愛すること。信じること。それなくしては学問も文学も人生もありえないと静かに諭すような口調には、しかし、ふだん私たちがありがたがって読んでいる本が本とは言えないのではないかという疑念の種をそっと植えつける厳しさも感じられた。

夏の休みに、その壇上にいた清水茂先生の本を二冊読んだ。最初の一冊、『薔薇窓の下で』には、痛ましい記憶が刻まれていた。同時に哀しみを乗り越えるための手探りの思索が、教室で耳にするのとおなじ声で綴られていた。つづけて手にした『アシジの春』には、黒板に書かれたロンサールの詩篇が、今度は日本語で引用されていた。「時は過ぎてゆく、時は過ぎてゆく、いとしい人よ、／否、時ではなくて、過ぎてゆくのは私たちだ」。主体は時間ではなく、私たちにある。当時はぴんとこなかったこの一節が、いま胸に染みる。あっという間に過ぎてしまったのは時間ではない。この私のほうなのだ。消えるのは時間ではなく自分であって、すぐれた芸術家たちはそれをとりわけ深く感じ取っている。描くこと、書くことによって、彼らは立ち去りがたい現在から離れることができた。創作とはすでにして別れの合図であり、別れを覚悟した彼らに対し、世界の方がほんの一瞬すべてを開いて見せてくれるのだ。ただ眠るだけの懶惰な夏が、そこで様相を変えた。

秋の最初の講義を、先生は、楽しい夏を過ごされましたか、私はクレタ島へ行き、スイスを回ってきました、と語り起こされた。ふたつの地名はすでに二冊の本を通して親しいものになっていたのだが、その年の暮れに刊行された『古代の墓碑に』を開いたら、旅の模様が紀行文とは異なる透明度で詳述されていた。基調となるのは、「過ぎてゆくのは私たちだ」という詩句である。別れの身振りを、どのように言葉で反復していったらいいのか。

その解に近いものを、翌年の専門演習で教わった。ガストン・バシュラール『空間の詩学』の第八章。藁半紙に印刷されたテキストの、内なる、本質的な、隠された広大さ。詩人たちが森をどうとらえているか、バシュラールはさまざまな詩行を挙げて説いていた。森の広がりや奥行きを描写するのではなく、「森そのものを生きる」（vivre la forêt）大切さがゆっくりと明かされ、やがてボードレールの「万物照応」に描かれた、「闇のように光のように広大無辺」の広さに読者は導かれる。

これは、夜と昼という単純な相対性を超越した地平に存在する絶対的な広がりですね、見えているものが見えないものを連想させるんです、と先生は解説された。詩人はそれを想像力でとらえる、ただ共感を示すだけではなく、ひとつの統一された意思を感じさせる、そういう内なる広がりが「強さ」（intensité）として結晶するのです。

二〇二〇年一月に、先生は亡くなられた。過ぎ去ることと消費することを同義にしてしまった息苦しい世の中で、どうすれば「森そのものを生きる」力を持ちつづけられるのか、晩年の詩文にはそれが繰り返し記されていた。詩は一度きりの別れの身振りを体験したものだから、継承できない。しかし「詩人の個別の経験であるものが深められて、何かしら根元的な地層にまで達している」（『夕暮れの虹』）とき、読者は「根元的なところでの同意」をもって詩を享受できる。この同意を、私はもう失いたくない。

ムール貝が伝えるもの

人生のほんの一部でしかない小さなエピソードが、自身のその後だけでなく、不特定多数の人間の未来に影響を与えることがある。些細な出来事が、人の運命を変えてしまうのだ。

二十世紀初頭、ボルドー郊外の城館に富裕な一家が住んでいた。「奥様」は階級意識が高く、使用人たちをつねに下に見て、理不尽な扱い方をした。たとえば真夜中に馬車を用意させる。行き先はスペインの闘牛場だ。闘牛は彼女の情熱だった。付き添いの使用人は「奥様」が残酷な見世物に興奮し、財布や扇子や靴を血に染まった砂のうえに投げ込むと、文句も言わずにそれを拾い集めた。

家にはもうじき十五歳になる美しい娘がいた。透き通るような白い肌ときらめく金髪、瞳はエメラルドグリーン。彼女は毎朝、窓を開け、バルコンに出て鉢植えに水をやった。いつからか、その時刻に合わせて、いかにも裕福そうな青年が馬車であらわれるようになった。門の前を通るとき彼は御者台から少し腰をあげ、帽子をとって挨拶をする。「奥様」は春の舞踏会に青年を招いた。歳は三十で資産もある。すべてが彼女の眼鏡にかない、青年は娘との結婚を許可された。

しかし当時の法律では、女性は十五歳三カ月になるまで結婚できなかった。若者は彼女がその年齢に達するまで待ち、結婚後も別々の部屋に寝て、若妻が進んで自分のベッドに入って来るまで身体に触れなかった。晴れて結ばれたふたりは、新婚旅行にパリに出かけ、ある晩、有名なレストランの個室でムール貝を使った舌平目の料理を食べた。ところがそのムール貝は海から揚がったものではなく、波止場に停泊していた船の舳先についていた代物だったらしい。舳先の材質は銅である。新婚夫婦は急性銅中毒にかかり、若い妻はなんとか一命をとりとめたが、夫はその晩のうちに亡くなった。ブルターニュのどこかの港の漁師が手を抜いたために、若い夫婦の未来が断ち切られたのだ。

二〇二〇年九月二十三日、ジュリエット・グレコの訃報が伝えられたときまず頭に浮かんだのは、不謹慎なことに彼女の自伝で読んだ祖母にあたる女性の、このムール貝のエピソードだった。命拾いした寡婦は、二年後、三十歳も年上の建築家と再婚し、娘をひとりもうけた。名前はジュリエットという。ブルジョワ的な家から飛び出すために、ジュリエットもなぜか三十歳年上のコルシカ出身の警察官と結婚し、一九二四年に長女を、二七年に次女を生んだ。母とおなじ名を与えられたこの次女ジュリエットがのちに歌手グレコとなるのだが、祖母がムール貝で死んでいたら、シャンソンの歴史は大きく変わっていただろう。

母ジュリエットは早々に離婚し、娘たちを祖父母に預け、芸術家を夢見てパリに出た。祖父が死に、祖母が発作で倒れたのを機に彼女は娘たちを引き取り、大戦が勃発するとヴァカンスを過ごしていたドルドーニュ地方に留まって、その後ドイツ占領下でレジスタンスに参加したのだが、密告を受けて、一九四三年、ゲシュタポに連行された。娘たちも遅れてパリで捕らえられた。離ればなれになる直前、妹は姉とバッグを交換した。自分が逮捕されたら複数の人間に届けるようにと姉が母親から預かっていたものだ。妹は中に入っていた書類を、隙を見てトイレに流したという。しかし姉はフレーヌ刑務所、コンピエーニュ収容所を経て、母とともにラーフェンスブリュック収容所――政治家シモーヌ・ヴェイユの次姉が同時期にいた（「78651」参照）――に移送された。グレコは未成年だったおかげで釈放され、パリ解放までの日々を、万一のためにと教えられていた母の友人の家で過ごした。戦後、母と姉は奇跡的に生還したが、母は下の娘と再会しても喜びを示すこともなく、彼女たちをふたたび放り出して今度は海軍に志願し、インドシナに渡った。

つまり、グレコは実質的に二度、母に棄てられたのである。ジュリエット・グレコの歌を聴くと、母の不在だけでなく、収容所体験を一度も語らず記憶から抹消した姉の苦しみと、癒やしがたい寂しさを加味した金属的な苦みが舌の上に残る。祖母に生死の間をさまよわせたあのムール貝の毒が、彼女の声を通してそのまま伝えられているかのように。

お好み焼きをつくるんです

電話があるときは、たいてい朝の早い時間帯だった。鬼海です。ゆったり名乗ると、ご自身の、あるいはこちらの仕事について前置きなしに語りはじめる。世間話に類するものはいっさい抜きで、写真を撮り、文章を書くことの本質にのみ焦点を当てる濃厚な独白だった。なぜかいつも回線が不安定で、強い山形訛りも重なるものだからところどころ聴き取れず、思考の流れについていけないこともあったのだが、終わってみれば全体がみごとな芸術論になっていて頷くほかなかった。言い方をかえれば、独特の話法を自然に受け止められるようになるほどまめに連絡をいただいたということになるのだろう。

最初にお会いしたのはたしか二〇〇四年で、しばらくは葉書や電話でのやりとりに終始していた。対面でじっくり話すようになったのは、その数年後、トルコのアナトリア高原に通って撮りためた作品をまとめるので、何か文章を書いてほしいと依頼されたときからである。『アナトリア』の刊行は二〇一一年一月だから、打ち合わせをしたのは前年の夏頃だったろう。昭和時代の名残りのある喫茶店に、鬼海弘雄さんは収録候補作のプリントを抱えてあらわれ、珈琲を啜る間もなく、一枚一枚、すべてのプリントについて、いつ、どこで、どう撮ったのか、キャプションはどういう意味なのかを、訥々と、しかし雄弁に語りつづけた。私は正面から、鬼海さんは反対側から、おなじ写真をじっと見つめる。反応を待つ写真家の眼に、電話口にはない鬼のような殺気が感じられた。言葉が見つからず黙り込んでいるあいだ、カメラなしで私の脆弱な内側を撮影していたのだと思う。絞り込まれていたのは百四十枚ほどで、まだボーダーラインの作品も何枚かあった。気がつくと、三時間以上が経過していた。標高千メートルの高原を歩いたあとのように、喉がからからに渇いていた。写真を箱に片づけると、ともに黙って珈琲をおかわりした。

鬼海さんはすぐれた散文家でもあった。文章主体の本もかならず送ってくださった。ところが写真集に関しては基本的に手渡しで、差し向かいでの対話がセットになっていた。忘れられないのは、パリでの個展の報告を兼ねて、『Tokyo View』という作品集をお渡ししたいと言われた日のことである。その少し前、写真雑誌で対談をし、ポートレイトを鬼海さんに撮っていただくという畏れ多い体験をした折に、東京の風景に向き合ってきた成果を一冊にまとめる話はうかがっていた。いつもの喫茶店に出向くと鬼海さんが先にいて、私の顔を見るなり「わたし、足を、捻挫してしまって」とテーブルの下を指差した。知らなかったとはいえ、そんな事情があるならご自宅の近くまでこちらが出向くべきだったと大いに悔やんだ。

一九七三年から二〇一四年までの、人の気配を消した東京の町の肖像がならんでいる。例によって一頁ずつ、撮影時期や場所、再訪時の変化について解説がほどこされた。浅草の小路の写真に反応した私の感想がつぼにはまると相好を崩し、声が大きくなった。「そう、ダッチ、ワイフの、店なんて、もう、ないでしょ」。自家製ケーキも出す穏やかな店で、地元の常連客が集まる時間帯だったから、内心ひやひやしながら写真に意識を集中したものだ。

夕方まで話し込んで別れるとき、「じつは『PERSONA』のつづきが三百人分くらいあるんだよ」と鬼海さんは怖い眼に笑みを添えて言った。「展覧会やるなら百枚は飾りたい、でもいまは難しい。本にまとめたらまた文章書いてください。それで、年に二回くらいでいいから、仕事抜きの話につきあってください。あと、今度うちに写真見に来て。インドカレーご馳走します。今日は、スーパーに寄るんです。そのために、出てきたからね、お好み焼きをつくるんです」。

四十五年におよぶ浅草での撮影の集大成『PERSONA 最終章 2005-2018』が出たのは、二〇一九年。なんとか解説の約束を果たし、刊行にあわせて人前でいっしょに話をすることにもなっていたのだが、直前に体調を崩され、手渡しのレクチャーも催しも中止となった。最後に話したのは二〇二〇年六月末、やはり朝の電話だった。厳しい現状報告があり、そのうえで新たな仕事を依頼された。十月半ば過ぎの訃報に言葉を失ったあと、なぜかあの日の、足を引きずってお好み焼きの材料を買いに行く鬼海さんの背中が眼に浮かんだ。なんの虚飾もない、大きな背中だった。

小学生の手習いのように

固有名詞にはふしぎな周回軌道がある。何年かに一度、呼びもしないのに向こうからあらわれて、忘れていないかを問いかけてくるのだ。仕事で疲れていて、フェザータッチに似たかすかな触感に反応できず、やり過ごしてしまったこともあるけれど、めぐりの律動の正確さにはいつも驚かされる。先日も、小惑星のひとつと軌道が重なった。思いがけない場所で、思いがけない角度からその名を告げられたのである。

フランシス・ジャム。ピレネー山脈の麓、オルテーズに長く暮らしたこのフランスの詩人の消息は、学生時代に邦訳で親しみ、原書の詩集や書簡集を大学の図書館で借りて読んで以来、なぜか定期的に聞こえてくるようになった。しばらく距離をとって放っておくと、たとえば古本屋の棚でひょっこりでくわして、手に取るように仕向けられる。何頁か目を走らせるうち、ジャムをそろそろ読みたいという気持ちがずっと前から胸の奥に隠されていたのではないかと思いはじめ、実際に再読に入ると、だれかが私の読書傾向を分析し、先回りして仕込んでくれていたのではないかと疑いたくなるほどの、絶妙のタイミングだったことが理解できるのだ。

かつて通っていた大学近辺の古書店には、ジャムの関連書籍がよく出ていた。ロベール・マレによるセゲルス版の詩抄や、メルキュール・ド・フランス版の評伝をつづけて買い、アルベール・サマンとの往復書簡集なども数百円で手に入れた。そのたびにつまみ食いのような再読を重ねて心を動かされ、のちに小さな文章のなかでジャムについて記してもいる。詩人の作品に直接触れなくとも、たとえば誰かの文章のなかで振り返りの時期を示唆されることもある。賞味期限三年半という言葉のジャムの味は、言及のされ方によって微妙に変化する。聖者か哲学者のように立派なひげをはやした晩年の詩人の愛らしい顔写真を見るたびに、このジャムには人体に危害のある保存料などいっさい含まれていないと思う。腐敗して食べられなくなる前に遠慮なく指を突っ込んで記憶の薄れや混濁を補うようにと、第三者から信号が送られてくるのだ。

必要があって長崎県の佐須村という地名について調べていたとき、菅原克己の詩にその名にちなんだ連作があるのを思い出して『夏の話』を開いてみたら、「ジャムの写真」と題された一篇に吸い寄せられた。たしかに読んだことがある。しかしこの詩集に入っていたという記憶はまったくなかった。

「髯をはやした人が／むずかしい顔をして／何か書いていた。／のぞきこもうとすると／こっちをにらんでいった、／——ほっといてくれ。／／その人は／愛の詩を書いていたので／そういうより仕方がなかったのだ。／／髯をはやした／フランシス・ジャムは／小学生の手習いのように／一生けんめいに書いた。／そしてぼくは／びっくりしている、／だれもいない道ばたで／陽ざしや影と遊んでいる／野バラや蜜蜂たちと／はじめて出会ったように。」

フランシス・ジャムの写真は何種類も流通している。若い頃から晩年まで、変わらないのは立派な口ひげだ。黒々としていたそのひげが白くなるにつれ、少しずつ身体の線が太くなり、お腹が前に突き出してでっぷりと愛嬌のあるシルエットになる。パリで高踏な詩句が華やかに踊っていた時代に、詩人は自然豊かな村で、驢馬を、花々を、木々を、少女を、村人たちを愛し、「小学生の手習いのように」たどたどしく清新な詩句をつづっていた。激しい失恋もあったし、胸ときめかせる汚れのない恋の模倣もあった。カトリックに回帰してからの晩い結婚もあった。詩の趣はそれにともなって変化していくとはいえ、彼の文学はつねに朴訥なイメージで語られ、不思議なことに、ジャムの詩と人を愛する者が伝える言葉によって、実作そのものを読んだような気にさせられてしまう。前回の軌道では、彼の詩を「プレン・ソーダ水のやうな」と称した田中冬二の「フランシス・ジャム氏に」(『青い夜道』)をたどり直してからジャムの壜を舐めていた。今度はどうしよう。ジャムは菅原克己の詩のなかに隠れていた。だからまずはこの詩人の作品を、にらまれてもいいから、ひとつひとつのぞき込んでみるべきだろうか。

適材適所の使い方

よくものを壊すので、自分で直せるなら直したいと願うほうである。子どもの頃は、壊れていないものをしばしば分解し、中を覗いて、なるほどここはこんな具合になっているのかと検分するのを楽しんだりしていたのだが、分解の工程をしっかり記録しておかなかったばかりに組み立て直すときの手順が曖昧になり、思いつきでいじりまわしたあげく、どうしようもなくなってプロに修理を依頼するという笑えない落ちがついた。

それでも、ふだん眼の届かない暗部にも工夫がなされているとしたら、見ておく価値はある。かつての電化製品には、半田の分量や盛り方、コードの引き回し方、ネジ締めの強さなどおなじ製品でも出来不出来があり、個体差があった。いくつか分解して調べれば担当者の力量は想像できたし、絵として美しい部品の配置を見ると、設計者の思考に触れたような気にもなった。逆に、部品と部品の配置のバランスに心地よさが感じられない場合、修理点検のしやすさが考慮されていないのではないかといぶかしく思うこともあった。

とはいえ、素人が簡単に直せるなら新製品など売れなくなる。あえて分解しづらい造りにして修理を自前でやらせず、企業秘密も探られないようにする方向性は理解できなくもない。しかし中味の見えないユニット交換を修理と呼ぶことは、企業の利益ではなく教育の問題に影響を及ぼす。分解と組み立ての大切さは、好奇心旺盛な子どもにこそ教えるべきことがらなのだ。いったんばらしてもとに戻すには、細部だけでなく全体への目配りが欠かせない。勘や想像に頼らず、堅実で論理的な作業を双方向からこなすことの意味を、一連の作業から学ぶことができる。作業効率を重視して基礎的な工程を蔑ろにしていくと、情報の蓄積が失われ、それに費やされた人の時間も消えてしまう。

古い寺社の例を考えてもいい。ただ雨漏りを直し、虫に食われた柱を取り替えるといった応急処置ひとつにも、膨大な知の裏付けが求められる。自然による経年劣化や参拝者のいたずら書きなどからくる外部の傷みはわかりやすいけれど、内部の軋みや歪みは一度解体して構造を理解しなければ原因を特定できない。なにがどこにどのような理由で配置されているのか、そもそも適材適所とはどういうことなのかを見極めるのだ。腕のある大工を束ねる棟梁は、すべての工程をオーケストラの総譜のように把握しているだけでなく、釘の一本から個体差のある金槌や鋸の特徴、木材の性質に至るまで知り抜いている。とくに「柱となる」柱については、どちらに曲がりやすいのかを生育環境に照らして見抜き、歪みを可視化して負と負をかけあわせ、より強い力に仕立てていく。

古いオーディオアンプを信頼できる業者に修理してもらったとき、ベテランの担当者から、過去の修理の痕跡とその欠陥を厳しく指摘されたことがあった。設計者がインチを使う国で生まれ育った人なら、バランス感覚もインチの刻みになっている。だから修理する場合も図面をセンチの感覚でとらえると、尺貫法とメートル法が異なるようにどこかにずれが生じる。前の修理人にはそれがわかっていない。また、問題のない部位が傷ついているとか、代替部品の選択が最適ではないという細部への批判だけでなく、設計者の意図を正確に理解して図面を立体化する大局観がないというのだ。

手作業の「手」は自分の手である。部品の役割を正しく理解し、全体を把握したうえで分解と組み立ての意味が摑めていれば、個体差を生む自分の手を大事にしながらそれを万人の手に近づける、前向きの謙虚さが身につくのではないか。こういう能力を子どものときから養っていれば、顔のサイズに合わないマスクを大量発注したり、温室や効果という個々の単語の意味も、それがなぜ選ばれているのかもわからぬまま、無理につなげようとして事故を起こすような真似はしないで済むだろう。柱に使う木がどこに生えていて、どちらに向いているのかという適材適所のなんたるかがわかっていたら、現在の惨禍につながる人災も、現状よりは抑えることができただろう。これは自分に対する戒めでもある。基本的な作業と全体への目配りを地道にやり通すことへの敬意を忘れず、矜恃をもって年をあらためたい。

犀の角のように

散歩の途中に通るT字路の、長い縦棒の方から見た突き当たりに、三階建ての古い賃貸マンションがある。吹きつけの白い壁がほどよく汚れ、ベランダや共有スペースの鉄部にさびが浮いていて、住民の自転車のどれかがいつも横倒しになっている。管理体制にやや不安を感じさせるのだが、それもまた全体に好もしい味を出していた。無慈悲に視野を横切る電線のほか屋根の上をかき乱す要素がないので、空がひろい。左右に住宅のならぶ一方通行の道の先にある青の区画をぼんやり眺めながら歩くのが、ここ数年の楽しみになっていた。

ある日の午後、その青の区画の向かって右隅に、奇妙な宝珠を冠した仏塔のようなものが建てられているのに気づいた。尖端は萼だけが残った花か、ハンドブレンダーの刃のような形状である。空の印象がいつもとあまりにちがうので、こちらの頭がおかしくなったのではないかと不安にかられたほどだ。以来、機能と目的をほぼおなじくする鉄塔とあちこちで遭遇するようになったのだが、この半年ほどのあいだに出会いの頻度がかなり増してきた。

仏塔もどきの正体は、モバイル通信の基地局である。設置場所には明白な共通点があった。瓦屋根の木造家屋や、平屋根でも一般的なアパートの上には建っていない。塔がそびえているのはコンクリートのマンションかそれに相当する牢固な建物の屋上で、立地や高さなど、複数の条件を満たす必要があるらしい。マンションに関しては、分譲より賃貸タイプのほうが多いように思われた。企業が候補地を探し、高額の賃貸料と引きかえに基地局を設置させてほしいと持ちかけるのだろう。たしかに賃貸マンションは分譲のように理事会や住民総会の決議がいらないから、交渉はしやすいはずだ。経営の厳しいオーナーにとっては渡りに船のおいしい話でもある。ただし分譲の場合でも、大規模修繕用の積み立て費に組み込める安定収入はありがたいことなので、申し出を歓迎するところも少なくないという。

そんな話を時々法衣を着る知人にしたところ、あなたのいうその厄介な塔は仏塔の相輪の部分で、その土台を露盤といい、下から順に伏鉢、受花、宝輪つまり九輪、水煙、竜車、そして宝珠とくるのだが、一番上の宝珠はお釈迦様の骨、すなわち仏舎利が収められている高貴で尊いものだから、表向きは悪く言わないようにと忠告してくれた。表向きは、ですか。素直に問い返すと、知人はためらいなく答えた。偽りの仏塔から出る電波は一方向を向いたものではないでしょう、まっすぐに進ませるように見せかけて、拡散させるのはまつりごとの鉄則です、簡単に信じてはなりません。

企業や大家は利益を得る。しかし開かない蓮のような棒の設置による住人たちの心身への影響までは考慮されないのがふつうだ。いわゆる電磁波障害についての見解は国内外で大きく分かれる。自律神経の異常による頭痛、めまい、吐き気、全身の倦怠感。脳に甚大な障害を引き起こす可能性を指摘する声もある。とくに子どもたちの健康を脅かすものとして、欧州では一定年齢以下の子どもたちへの携帯電話の広告や使用を制限したり、それに相当する勧告を出している国や自治体も少なくないのだが、日本の総務省は、顕著な症例があっても、電磁波との相関関係を認めていない。周波数の高い電磁波は体内に吸収されにくく、身体の表面での加熱が多くなるだけで、健康に大きな問題はないというのがその見解である（古庄弘枝『携帯電話亡国論』、藤原書店）。

設置する側は総務省の電磁波規制値を参照し、それを下回る数値で運用しているから健康に影響はないと声を合わせる。しかしその規制値は、たとえば欧州のそれと比較して法外に高い。数字の上で状況が不利になると、大もとの基準値をどんどんゆるめていくのは、二〇一一年以後、この国で見慣れた光景だろう。利便性と一部の利益を優先する傾向に対する疑念は、すでに日々を送る地盤になっている。奇特な知人はふたたび頷いて、本物の宝珠のなかにいる人のことばを引いた。「音声に驚かない獅子のように、網にとらえられない風のように、水に汚されない蓮のように、犀の角のようにただ独り歩め」（『ブッダのことば』、中村元訳、岩波文庫）。九つの輪から発せられる聞こえない音声に惑わされず、驚きもせず、まっすぐに歩く術を身につけることができるだろうか。私はまた、ひとり散歩に出る。

前を向いて静かに萎れていけばいい

薔薇のことを考えつづけていた。現実の薔薇よりも言葉で描かれた薔薇のほうに親しみを抱いてきたというわけではないけれど、倉俣史朗の《ミス・ブランチ》について小さな文章を書いたせいか、アクリルに閉じ込められた造花の周辺を経めぐっているうち、あそこで、ここで、むこうで、知らぬ間に出会い、その色も形も香りも愛でる力もなく素通りしてきた花の、乾いた花弁の行方が気になりだした。薔薇に対する距離を測り直す。いまの世の動きはあまりに理不尽で、現実はすでに抽象の極にある。他のだれのものでもない自分の「生」がそこに飲み込まれないように、外から眺めた形としての薔薇を生きるのではなく、内側から深い体験として生きるにはどうしたらいいのか。

凡々とした「生」が、重い意味をもつ無名の「死」として見えない世界の調和に組み込まれるどこか中世的な秩序を回復するには、造花がたんなる擬態であり、擬態であるからこそ聖性が宿りうることを示さなければならない。薔薇は一本だけでもう薔薇全体であるというリルケの詩句を腐敗の論理にすりかえて平気な顔をしている者たちに示すには、切り出した大理石よりも人工の樹脂のほうが有効なのだろう。

神が退いた以上、聖なるものは人の手で創り出さなければならない。こういう話は前世紀末に、どこかいかがわしい生き方指南とともによく聞かされた。実際、十九世紀末とちがって、二十世紀末の時間には、もはやどこをどう探しても聖なるものが見当たらなかったのだ。意識の問題ではなく、現実にそうだったのである。肥大する泡沫のありように違和を感じたとたん、若者たちはひとりにされた。まっすぐに流れていくだけの時間に固有の跡を刻み、めりはりを与えるために、ヘッドギアをつけた宗教の祭儀に頼る者もいた。

起源と終末が用意された時間のゆるみを部分的に手入れして回復させるのはもう不可能だというのが、その頃の私のぼんやりとした認識だった。のっぺりした時間をどんなに継ぎ足していっても、聖なる現象は起こらない。それが事前にわかっている虚しさのなかで生きるに値する生をどのように取り戻すかと問う人に、だらだらとした均質な時間に意味を与えてどこがおかしいのかと反論することもできなかった。アクリルのなかの散らない薔薇は、そのような苦い記憶をこの年になって可視化してくれたとも言えるのだ。

意識の内側で経験してきた記憶の持続や、至高の存在を前提とした日常のなかでの孤独な時間にとどまっているかぎり、一本で全体を示す薔薇の重みを獲得するのは不可能に近い。個人が生きる内的な時間を軸にするのではなく、自分にとって生きるに値するか否かといった道徳の問題と切り離して、「他」なる者との関係のなかで倫理的にそれを捉えろと言われても厳しい。「私」の正確な仕様書すらないのに「他」との関係を捉えられるはずがないし、「他」がなければ「私」もなく、複数の「他」の網に投げ込まれてようやく「私」の近似値が見えてくるというくらいがせいぜいである。内面を穿ち過ぎず、かつ聖なるものを回復しうる方法が果たしてあるのか。

薔薇は枯れ落ちるその一点までの時の流れを意識して美しさを支えているわけではない。薔薇は「死」を知らない。臨死体験はありえても、「死」そのものはだれも経験できず、「私」はそこでひたすら受け身になるしかない。「死」は、現在からつながっている時間の流れとは無関係なところにぽつんと置かれている「絶対的な他者」だと説いてくれたのはレヴィナスだった。他者としての未来が目の前にあらわれるまで、じつは時間は流れていないとする哲学者の視点は、あたらしい世紀末病に苛まれた若者にとって一時的な救いにはなっていた。少なくとも、自分ではない「他人」を軽々しく「他者」などと呼んではならないと肝に銘じることはできた。

しかし、均質に流れていく時間のなかにこそ豊かさがあるという考えを、私はいまだに棄てられずにいる。アクリルを溶かし、一本の薔薇として外気を吸い、前を向いて静かに萎れていけばいい。それが聖なる瞬間になりうるかどうか、自分では判断しようはないのだから。

初出　「芸術新潮」　二〇一四年五月号～二〇一六年七月号
二〇一六年九月号～二〇一八年十一月号
二〇一九年一月号～二〇一九年十二月号
二〇二〇年二月号～二〇二一年四月号

堀江 敏幸　ほりえ・としゆき

1964（昭和39）年、岐阜県生れ。1999（平成11）年『おぱらばん』で三島由紀夫賞、2001年「熊の敷石」で芥川賞、2003年「スタンス・ドット」で川端康成文学賞、2004年同作収録の『雪沼とその周辺』で谷崎潤一郎賞、木山捷平文学賞、2006年『河岸忘日抄』、2010年『正弦曲線』で読売文学賞、2012年『なずな』で伊藤整文学賞、2016年『その姿の消し方』で野間文芸賞、ほか受賞多数。著書に、『郊外へ』『書かれる手』『いつか王子駅で』『めぐらし屋』『バン・マリーへの手紙』『アイロンと朝の詩人　回送電車Ⅲ』『未見坂』『彼女のいる背表紙』『燃焼のための習作』『音の糸』『曇天記』ほか。

定形外郵便《ていけいがいゆうびん》

発行　2021年9月25日

著者　堀江敏幸《ほりえとしゆき》
発行者　佐藤隆信
発行所　株式会社新潮社
〒162-8711 東京都新宿区矢来町71
電話 編集部 03-3266-5411
読者係 03-3266-5111
https://www.shinchosha.co.jp

装幀　新潮社装幀室
印刷所　株式会社精興社
製本所　加藤製本株式会社

乱丁・落丁本は、ご面倒ですが小社読者係宛お送り下さい。
送料小社負担にてお取替えいたします。
価格はカバーに表示してあります。

ISBN978-4-10-447106-5　C0095